115 KONTAKTGRILL REZEPTE
Das Kontaktgrill Kochbuch

Das Kontaktgrill Rezeptbuch für Fleisch, Gemüse & vegane Gerichte.

Mavie Grünwald

Inhalt

***Hinweis bevor es losgeht* :**

Bevor es Kritiken hagelt, hier eine Erklärung warum in diesem Buch wenige Bilder enthalten sind und warum in Schwarz/Weiß. Die Druckkosten betragen das Dreifache, wenn man den Inhalt in Farbe drucken lässt - Es wäre also ein Verkaufspreis von rund 20-30 Euro nötig, um ein farbiges Buch mit Bildern in den Verkauf zu bringen. Wir wollen aber unseren Lesern kostengünstige Bücher anbieten - deshalb haben wir entschieden, dass speziell zum Thema „Silberwasser" keine Bilder nötig sind, die den Preis nur unnötig hochtreiben. Schließlich ist ja der Inhalt das, was unsere Leser interessiert. In diesem Sinne hoffen wir auf Ihr Verständiss und wünschen viel Spaß beim Lesen

VORWORT
115 Kontaktgrill Rezepte

Der Kontaktgrill ist ein Haushaltsgerät, das zwar in beinahe allen Haushalten zu finden ist und dennoch ein Schattendasein fristet. Außer den üblichen Toasts wird er kaum oder wenig benutzt. Dabei haben Sie gerade mit dem Kontaktgrill unzählige Möglichkeiten, schmackhafte und auch fettarme Gerichte zu zaubern. Mit diesem kleinen Kochbuch führen wir Sie in die bunte Wunderwelt des Kontaktgrills ein und verraten, was Sie damit alles anstellen können. Vom leckeren und schnellen Frühstück über Gemüse und vegetarische Gerichte bis hin zu Fisch, Fleisch und Geflügel finden Sie hier tolle Rezepte. Auch dürfen süße Rezepte, kleine Snacks und natürlich besonders Sandwiches nicht fehlen. Wir wünschen Ihnen viel Spaß und gutes Gelingen beim Nachkochen und Experimentieren.

Frühstück aus dem Kontaktgrill

Bereits am Morgen können Sie Ihren Kontaktgrill nutzen und tolle Gerichte für einen guten Start in den Tag zaubern.

Ham and Eggs aus dem Kontaktgrill

Nährwerte:

- Kalorien: 195,7 kcal
- Eiweiß: 23,6 Gramm
- Fett: 10,2 Gramm
- Kohlenhydrate: 1 Gramm

Für eine Portion benötigst Sie:

- 3 dünne Scheiben Schinken
- 2 Eier
- etwas Pfeffer
- Schnittlauch

So bereiten Sie das Gericht zu:

Den Schinken auf den Kontaktgrill legen, die Eier darauf schlagen, alles mit Backpapier bedecken und den Deckel schließen. Bei 170° Celsius für 3 Minuten grillen, pfeffern und mit Schnittlauch bestreuen.

Bohnen und Speck

Nährwerte:

- Kalorien: 244,5 kcal
- Eiweiß: 15,6 Gramm
- Fett: 12,4 Gramm
- Kohlenhydrate: 13,7 Gramm

Für eine Portion benötigst Sie:

- 3 Scheiben Bauchspeck
- 1 TL Honig
- 1 Messerspitze Chilipulver
- 50 Gramm Baked Beans

So bereiten Sie das Gericht zu:

Den Bauchspeck mit Honig bestreichen und mit Chili würzen. Auf den Grill legen, die Bohnen darauf verteilen und bei halb geschlossenem Deckel bei 200° Celsius für 3 Minuten grillen.

Pancakes mit Ahornsirup

Nährwerte:

- Kalorien: 231,8 kcal
- Eiweiß: 18 Gramm
- Fett: 11,4 Gramm
- Kohlenhydrate: 12,6 Gramm

Für eine Portion benötigst Sie:

- 60 ml Mandelmilch
- 2 EL Mehl
- 1 Ei
- 1 EL Ahornsirup
- 1 Messerspitze Limettenabrieb
- 1 Messerspitze Backpulver
- Butter zum Backen

So bereiten Sie das Gericht zu:

Alle Zutaten gut verrühren, den Kontaktgrill mit Butter bestreichen, den Teig auftragen und bei 170° Celsius den Teig für 4 Minuten zu Pancakes backen.

Ei im Toast

Nährwerte:

- Kalorien: 138,2 kcal
- Eiweiß: 10,2 Gramm
- Fett: 6,4 Gramm
- Kohlenhydrate: 9 Gramm

Für eine Portion benötigst Sie:

- 1 Scheibe Schinken
- 1 Toastscheibe
- 1 Ei
- Salz und Pfeffer

So bereiten Sie das Gericht zu:

In den Toast ein Loch schneiden. Den Schinken auf den Grill legen, das Brot mit dem Loch darauf geben, das Ei in das Loch schlagen. Alles salzen und pfeffern, den Deckel schließen und bei 180° Celsius für 4 Minuten backen.

French Toast

Nährwerte:

- Kalorien: 214,8 kcal
- Eiweiß: 9,4 Gramm
- Fett: 11,1 Gramm
- Kohlenhydrate: 17,7 Gramm

Für eine Portion benötigst Sie:

- 2 Scheiben Toast
- 1 Ei
- 1 EL Sahne
- 1 Prise Kardamom
- 1 Prise Salz
- etwas Butter

So bereiten Sie das Gericht zu:

Das Ei mit der Sahne, Kardamom und Salz verquirlen und den Toast durchziehen. Die Butter am Kontaktgrill schmelzen lassen, die Toastscheiben auflegen und bei geschlossenem Deckel für 3 Minuten bei 180° Celsius backen.

Joghurt mit gegrilltem Obst

Nährwerte:

- Kalorien: 79,3 kcal
- Eiweiß: 6 Gramm
- Fett: 0,3 Gramm
- Kohlenhydrate: 12,7 Gramm

Für eine Portion benötigst Sie:

- 150 Gramm Joghurt
- 1 Messerspitze Ingwer gerieben
- 1 EL Zitronenmelisse gehackt
- etwas Vanillezucker
- je 20 Gramm Apfel, Papaya und Melone

So bereiten Sie das Gericht zu:

Das Obst auf den Grill legen und für 4 Minuten bei 180° Celsius grillen. Die restlichen Zutaten verrühren, das gegrillte Obst anrichten und mit dem Joghurt übergießen.

Vorspeisen aus dem Kontaktgrill

Mit diesen Rezepten können Sie ganze, tolle Menüs gestalten.

Gefüllter Paprika mit Ei

Nährwerte:

- Kalorien: 139,1 kcal
- Eiweiß: 10,7 Gramm
- Fett: 5,8 Gramm
- Kohlenhydrate: 10 Gramm

Für eine Portion benötigst Sie:

- 1 rote Spitzpaprika
- 2 EL Frischkäse
- 1 Ei
- 1 getrocknete Tomate
- etwas Paprikapulver
- 1 EL Petersilie
- etwas Salz

So bereiten Sie das Gericht zu:

Den Frischkäse mit dem Ei, der gehackten, getrockneten Tomate, Paprika, Petersilie und Salz verrühren. Von der Paprika den Deckel abschneiden, mit dem Frischkäse befüllen und auf den Grill legen. Bei 180° Celsius für 6 Minuten grillen.

Feige im Speckmantel

Nährwerte:

- Kalorien: 119,7 kcal
- Eiweiß: 7,5 Gramm
- Fett: 8,1 Gramm
- Kohlenhydrate: 3,2 Gramm

Für eine Portion benötigst Sie:

- 1 Feige
- 4 Salbeiblätter
- etwas Pfeffer
- 4 Scheiben Parmaschinken

So bereiten Sie das Gericht zu:

Die Feige vierteln, pfeffern und mit dem Salbeiblatt belegen. Mit dem Parmaschinken umwickeln und am Kontaktgrill für 3 Minuten bei 200° Celsius braten.

Gegrillte Melone mit gegrilltem Spargel

Nährwerte:

- Kalorien: 70,2 kcal
- Eiweiß: 1,7 Gramm
- Fett: 3,3 Gramm
- Kohlenhydrate: 8 Gramm

Für eine Portion benötigst Sie:

- 80 Gramm Wassermelone
- 3 Stangen grüner Spargel
- Salz und Pfeffer
- Öl zum Braten
- 1 EL Koriander gehackt
- 1 TL Sherry- Essig

So bereiten Sie das Gericht zu:

Die Melone und den Spargel salzen und pfeffern, den Kontaktgrill mit etwas Öl bestreichen und beides auflegen. Bei 180° Celsius für 5 Minuten grillen. Anrichten und mit gehacktem Koriander und Sherry-Essig verfeinern.

Räuchertofu mit Lachs Dip

Nährwerte:

- Kalorien: 114,4 kcal
- Eiweiß: 8,6 Gramm
- Fett: 6,9 Gramm
- Kohlenhydrate: 3,2 Gramm

Für eine Portion benötigst Sie:

- 60 Gramm Tofu geräuchert
- 1 TL Tomatenmark
- 1/2 TL Senf
- etwas Öl zum Braten
- 2 EL Sauerrahm
- 10 Gramm Räucherlachs
- 1/2 TL Dill
- etwas Abrieb einer Bio Orange

So bereiten Sie das Gericht zu:

Den Tofu mit Tomatenmark und Senf bestreichen, den Grill mit Öl bepinseln und den Tofu bei 180° Celsius für 4 Minuten grillen. Den Lachs klein schneiden und mit gehacktem Dill und Orangenabrieb verrühren. Zum Tofu anrichten.

Kürbis, Speck und Honig

Nährwerte:

- Kalorien: 172,6 kcal
- Eiweiß: 6,8 Gramm
- Fett: 6,4 Gramm
- Kohlenhydrate: 20,7 Gramm

Für eine Portion benötigst Sie:

- 80 Gramm Kürbis
- 1 TL Honig
- 1 Messerspitze Chilipulver
- 1 TL Balsamico- Essig
- 3 Scheiben Bacon

So bereiten Sie das Gericht zu:

Den Kürbis und den Speck mit einer Mischung aus Honig, Chili und Essig bestreichen. Auf den Grill legen und bei 180° Celsius für fünf Minuten grillen.

Gegrillte Avocado

Nährwerte:

- Kalorien: 198,4 kcal
- Eiweiß: 2,8 Gramm
- Fett: 15,1 Gramm
- Kohlenhydrate: 11,3 Gramm

Für eine Portion benötigst Sie:

- 1/2 Avocado
- 1 Knoblauchzehe
- 1/2 Tomate
- 1/4 gelbe Paprika
- 2 schwarze Oliven
- 1 Spritzer Zitronensaft
- Salz und Pfeffer

So bereiten Sie das Gericht zu:

Die Avocado mit dem Löffel aushöhlen und das Fruchtfleisch mit gewürfelter Tomaten, Paprika und Oliven vermengen. Mit Zitronensaft, Salz und Pfeffer würzen und wieder befüllen. Am Kontaktgrill für 5 Minuten bei 180° Celsius grillen.

Gemüse und vegetarische Gerichte

Es muss nicht immer Fleisch sein. Sie werden von diesen leckeren Gerichten begeistert sein, die Sie im Handumdrehen im Kontaktgrill zaubern können.

Kichererbsen Burger

Nährwerte:

- Kalorien: 357,4 kcal
- Eiweiß: 13,2 Gramm
- Fett: 21,7 Gramm
- Kohlenhydrate: 24,8 Gramm

Für eine Portion benötigst Sie:

- 60 Gramm Kichererbsen aus der Dose
- 1 Ei
- 1 EL Petersilie gehackt
- 1 EL Weizenkleie
- 1 Prise Kümmel gemahlen
- Salz und Pfeffer
- etwas Öl zum Braten
- 1 Scheibe Gouda
- 1 EL Majonäse
- 1 TL Tahini
- 1 Burger Brötchen
- 1 Blatt Salat
- 2 Scheiben Tomaten

So bereiten Sie das Gericht zu:

Die Kichererbsen mit dem Ei, der Petersilie und der Weizenkleie in den Mixer geben. Kurz quellen lassen und mit Kümmel, Salz und Pfeffer abschmecken. Aus der Masse ein Pattie formen und auf den leicht beölten Kontaktgrill legen. Für 4 Minuten bei 180° Celsius braten. Das Brötchen entzwei schneiden, mit Majonäse und Tahini bestreichen und mit Gouda, Salat, Tomaten und dem Pattie belegen. Für eine weitere Minute im Grill braten.

Couscous Laibchen

Nährwerte:

- Kalorien: 277,6 kcal
- Eiweiß: 14,2 Gramm
- Fett: 5,9 Gramm
- Kohlenhydrate: 40,2 Gramm

Für eine Portion benötigst Sie:

- 50 Gramm Couscous
- 50 ml heiße Brühe
- 1 Ei
- 1/4 Paprika rot
- 20 Gramm Lauch
- 1 EL Estragon gehackt
- 1 EL Weizenkleie
- 1 EL Frischkäse
- Salz und Pfeffer
- Öl zum Braten

So bereiten Sie das Gericht zu:

Den Couscous mit der heißen Brühe übergießen und fünf Minuten quellen lassen. Mit dem Ei vermengen, das Gemüse klein schneiden und untermengen. Mit Estragon würzen und mit Weizenkleie und Frischkäse binden. Mit Salz und Pfeffer abschmecken und zu Laibchen formen. Auf den Grill legen und für fünf Minuten bei 180° Celsius braten.

Kartoffel und Parmesan Rösti

Nährwerte:

- Kalorien: 189 kcal
- Eiweiß: 6,9 Gramm
- Fett: 11,1 Gramm
- Kohlenhydrate: 14,1 Gramm

Für eine Portion benötigst Sie:

- 1 Möhre
- 1/2 Kartoffel gekocht
- 1 Eigelb
- 2 EL Parmesan fein gerieben
- 1/2 TL Rosmarin fein gehackt
- etwas Ingwer gemahlen
- Salz und Pfeffer
- Öl zum Braten

So bereiten Sie das Gericht zu:

Die Möhre raspeln, die Kartoffel zerdrücken und beides mit Eigelb, Parmesan, Rosmarin und Ingwer verkneten. Mit Salz und Pfeffer abschmecken und das Rösti auf den leicht beölten Grill legen. Für 6 Minuten bei 165° Celsius braten.

Italienische Antipasti

Nährwerte:

- Kalorien: 113,6 kcal
- Eiweiß: 3,1 Gramm
- Fett: 8,4 Gramm
- Kohlenhydrate: 5,5 Gramm

Für eine Portion benötigst Sie:

- 1/4 Möhre
- 1/2 Zucchini
- 50 Gramm Auberginen
- 3 Champignons
- Salz und Pfeffer
- 1 EL Balsamico- Essig
- 1 EL Olivenöl
- Oregano

So bereiten Sie das Gericht zu:

Essig, Öl und Oregano vermengen. Das Gemüse in gleichgroße Stücke schneiden und für 5 Minuten darin marinieren. Auf den Kontaktgrill legen und für 8 Minuten bei 165° Celsius schmoren lassen.

Topinambur Plätzchen

Nährwerte:

- Kalorien: 285,4 kcal
- Eiweiß: 8,9 Gramm
- Fett: 13,9 Gramm
- Kohlenhydrate: 29,1 Gramm

Für eine Portion benötigst Sie:

- 130 Gramm Topinambur gekocht
- 1 Ei
- 1 EL Dinkel- Vollkornmehl
- 1 Messerspitze Ingwer gerieben
- Salz und Pfeffer
- 1 TL Kräuter gehackt
- Öl zum Braten

So bereiten Sie das Gericht zu:

Topinambur mit dem Ei und dem Dinkelmehl verkneten. Mit Ingwer, Salz, Pfeffer und den Kräutern vermengen und den Teig für 10 Minuten quellen lassen. Mit feuchten Händen kleine Plätzchen formen und auf den beölten Kontaktgrill geben. Für 5 Minuten bei 170° Celsius braten.

Ramen Burger

Nährwerte:

- Kalorien: 330,3 kcal
- Eiweiß: 20,5 Gramm
- Fett: 19,2 Gramm
- Kohlenhydrate: 16,6 Gramm

Für eine Portion benötigst Sie:

- 80 Gramm Ramen Nudeln eingeweicht
- 1 Ei
- 2 EL Parmesan gerieben
- Salz und Pfeffer
- 1 TL Koriander gehackt
- 2 Scheiben Emmentaler
- Öl zum Braten

So bereiten Sie das Gericht zu:

Die Nudeln aus dem Wasser nehmen und gut abtropfen lassen. Mit dem Ei und dem Parmesan vermengen und mit Koriander, Salz und Pfeffer abschmecken. Auf den leicht beölten Kontaktgrill geben und für 4 Minuten bei 175° Celsius braten. Den Deckel öffnen, den Burger mit Käse belegen, diesen bei leicht geöffneten Deckel schmelzen lassen und anrichten.

Grilltomaten

Nährwerte:

- Kalorien: 105 kcal
- Eiweiß: 5,7 Gramm
- Fett: 5,9 Gramm
- Kohlenhydrate: 6,5 Gramm

Für eine Portion benötigst Sie:

- 2 feste Tomaten
- Salz und Pfeffer
- 1 Prise Vanillezucker
- 1 Spritzer Balsamico- Essig
- 1 EL Pinienkerne
- Öl zum Braten

So bereiten Sie das Gericht zu:

Die Tomaten halbieren, salzen, pfeffern und mit Vanillezucker und Balsamico- Essig aromatisieren. Mit den Pinienkernen bestreuen und am leicht beölten Grill für 4 Minuten bei 170° Celsius grillen. Diese Tomaten sind eine tolle Beilage, können aber auch mit Dip als kleiner Snack verzehrt werden.

Indische Linsen-Burger

Nährwerte:

- Kalorien: 397,6 kcal
- Eiweiß: 22,2 Gramm
- Fett: 10,6 Gramm
- Kohlenhydrate: 46,4 Gramm

Für eine Portion benötigst Sie:

- 60 Gramm rote Linsen gekocht
- 1/2 gekochte Kartoffel
- 2 Knoblauchzehen
- 2 EL Joghurt
- 1 Eigelb
- 1 Prise Kardamom
- 1 gute Prise Kurkuma gemahlen
- Salz und Pfeffer
- 1 EL Koriander gehackt
- 1 TL Kichererbsenmehl
- Öl zum Braten

So bereiten Sie das Gericht zu:

Alle Zutaten im Mixer zu einem dicken Teig pürieren und für 10 Minuten quellen lassen. Gegebenenfalls mit etwas mehr Mehl eindicken. Laibchen formen und am beölten Kontaktgrill für 6 Minuten bei 170° Celsius braten.

Chili Burger mit Bohnen

Nährwerte:

- Kalorien: 252,9 kcal
- Eiweiß: 14 Gramm
- Fett: 9,7 Gramm
- Kohlenhydrate: 25,6 Gramm

Für eine Portion benötigst Sie:

- 100 Gramm Bohnen aus der Dose
- 2 EL Mais
- 2 Chili
- 1 Knoblauchzehe
- 1 Ei
- 1 Messerspitze Paprikapulver geräuchert
- 1 Messerspitze Kreuzkümmel
- 1 EL Sauerrahm
- Salz und Pfeffer
- 1 EL Semmelbrösel
- Oregano
- Öl zum Braten

So bereiten Sie das Gericht zu:

Die Chili und den Knoblauch fein hacken und mit den restlichen Zutaten gut verkneten. Kurz quellen lassen und zu zwei Laibchen formen. Im beölten Kontaktgrill für 6 Minuten bei 175° Celsius braten. Die Laibchen schmecken mit einer feurigen Salsa besonders gut.

Vegetarische Enchiladas

Nährwerte:

- Kalorien: 331,5 kcal
- Eiweiß: 14,1 Gramm
- Fett: 11,3 Gramm
- Kohlenhydrate: 41,1 Gramm

Für eine Portion benötigst Sie:

- 2 Tortilla Fladen
- 20 Gramm Brokkoli
- 1/2 Stange Staudensellerie
- 1/4 Paprika gelb
- 1/2 rote Zwiebel
- 1 Tomate
- 2 EL Kräuter-Frischkäse
- 1 EL Petersilie gehackt
- Salz und Pfeffer

So bereiten Sie das Gericht zu:

Das Gemüse klein schneiden und mit dem Frischkäse und der Petersilie vermengen. Mit Salz und Pfeffer abschmecken. Eine der Fladen damit bestreichen und mit der zweiten bedecken. Im Kontaktgrill für 5 Minuten bei 185° Celsius braten.

Zucchini Schiffchen

Nährwerte:

- Kalorien: 123 kcal
- Eiweiß: 7,2 Gramm
- Fett: 5,5 Gramm
- Kohlenhydrate: 10,3 Gramm

Für eine Portion benötigst Sie:

- 1 kleine Zucchini
- 1 Tomate
- 1/2 Paprika gelb
- 2 EL Mozzarella gerieben
- 4 Blatt Basilikum
- 1 Prise Zucker
- Salz und Pfeffer

So bereiten Sie das Gericht zu:

Die Zucchini der Länge nach halbieren und leicht auskratzen. Tomate und Paprika würfeln und mit Mozzarella, Basilikum, Zucker, Salz und Pfeffer vermengen. Die Zucchini damit befüllen und im Kontaktgrill für 5 Minuten bei 180° Celsius grillen.

Maiskolben

Nährwerte:

- Kalorien: 150,4 kcal
- Eiweiß: 4,5 Gramm
- Fett: 4,7 Gramm
- Kohlenhydrate: 21,5 Gramm

Für eine Portion benötigst Sie:

- 1 kleiner Maiskolben vorgekocht
- 1 TL Olivenöl
- Salz und Pfeffer
- Saft einer halben Zitrone
- 1 Messerspitze Paprikapulver scharf
- 1 Knoblauchzehe fein gehackt
- etwas Rosmarin fein gehackt

So bereiten Sie das Gericht zu:

Aus den Zutaten eine Marinade rühren und den Maiskolben damit bestreichen. Auf den Kontaktgrill legen und für 6 Minuten bei 170° Celsius braten.

Gefüllte Süßkartoffeln

Nährwerte:

- Kalorien: 180,4 kcal
- Eiweiß: 6,4 Gramm
- Fett: 3,9 Gramm
- Kohlenhydrate: 28,8 Gramm

Für eine Portion benötigst Sie:

- 1 kleine Süßkartoffel gekocht
- Salz und Pfeffer
- 1 EL Lauch gewürfelt
- 1 EL Erbsen
- 1 EL Mais
- 2 Champignons gewürfelt
- 1 EL Frischkäse
- etwas Majoran
- Chilipulver

So bereiten Sie das Gericht zu:

Die Kartoffel halbieren und leicht auskratzen. Mit den restlichen Zutaten vermengen, würzen und die Süßkartoffel wieder damit befüllen. Im Kontaktgrill für 5 Minuten bei 170° Celsius braten.

Zweierlei Spargel

Nährwerte:

- Kalorien: 152,8 kcal
- Eiweiß: 3,1 Gramm
- Fett: 13,4 Gramm
- Kohlenhydrate: 3,8 Gramm

Für eine Portion benötigst Sie:

- 3 Stangen weißer Spargel
- 4 Stangen grüner Spargel
- Salz und Pfeffer
- 1 EL Butter
- 2 Blatt Salbei
- 1 EL saure Sahne
- 1 Messerspitze Wasabi
- 1 TL Kerbel gehackt
- Öl zum Bepinseln

So bereiten Sie das Gericht zu:

Den Spargel am beölten Kontaktgrill für 5 Minuten bei 170° Celsius grillen. Salzen und pfeffern. Die Butter mit gehacktem Salbei in einem Topf schmelzen lassen und über den weißen Spargel geben. Die saure Sahne mit Wasabi und Kerbel vermengen und über den grünen Spargel geben.

Blumenkohl mit Curry und Minze

Nährwerte:

- Kalorien: 192,7 kcal
- Eiweiß: 8,6 Gramm
- Fett: 13,6 Gramm
- Kohlenhydrate: 7,5 Gramm

Für eine Portion benötigst Sie:

- 150 Gramm Blumenkohl
- 1 EL Öl
- 1 Messerspitze Curry gelb
- etwas Salz
- 1 Messerspitze Cayennepfeffer
- 2 EL Joghurt
- 1 EL gehackte Minze
- 1 EL Erdnüsse gehackt und geröstet
- 1 Messerspitze Ingwer gerieben

So bereiten Sie das Gericht zu:

Den Blumenkohl in Stücke schneiden und für 10 Minuten in einer Marinade aus Curry, Öl, Salz und Cayennepfeffer einlegen. Im Kontaktgrill für 8 Minuten bei 170° Celsius grillen. Mit einem Dip aus Joghurt, Minze, Erdnüssen und Ingwer servieren.

Marinierte Rote Bete

Nährwerte:

- Kalorien: 123,4 kcal
- Eiweiß: 2 Gramm
- Fett: 8,2 Gramm
- Kohlenhydrate: 9,5 Gramm

Für eine Portion benötigst Sie:

- 1 gekochte Rote Bete
- 1 EL Walnussöl
- 1 Chili gehackt
- 1 Schalotte gehackt
- 3 Nadeln Rosmarin
- Salz und Pfeffer
- etwas Abrieb einer Bio Limette

So bereiten Sie das Gericht zu:

Alle Zutaten zu einer Marinade rühren und die rote Bete in Scheiben geschnitten darin für 10 Minuten einlegen. Im Kontaktgrill für 4 Minuten bei 180° Celsius grillen.

Orientalische Auberginen

Nährwerte:

- Kalorien: 134,9 kcal
- Eiweiß: 5 Gramm
- Fett: 9,4 Gramm
- Kohlenhydrate: 6,5 Gramm

Für eine Portion benötigst Sie:

- 1/2 Aubergine
- 1 TL Öl
- Salz und Pfeffer
- 2 EL Skyr
- 1 Prise Knoblauch-Granulat
- 1 Prise Kardamom gemahlen
- 1 EL Kaffee
- 1 Prise Anispulver

So bereiten Sie das Gericht zu:

Die Aubergine der Länge nach halbieren, leicht auskratzen und das Fruchtfleisch mit den restlichen Zutaten pürieren. Die Aubergine damit befüllen und im Kontaktgrill für 5 Minuten bei 180° Celsius grillen.

Pastinaken gegrillt

Nährwerte:

- Kalorien: 141,9 kcal
- Eiweiß: 5,2 Gramm
- Fett: 11 Gramm
- Kohlenhydrate: 4,4 Gramm

Für eine Portion benötigst Sie:

- 130 Gramm gekochte Pastinake
- Salz und Pfeffer
- 1 EL Brunnenkresse
- 1 EL Parmesan gehobelt
- 1 EL Walnussöl

So bereiten Sie das Gericht zu:

Die Pastinake salzen und pfeffern und im Kontaktgrill für 5 Minuten bei 180° Celsius grillen. Mit Brunnenkresse, Parmesan und Walnussöl servieren.

Huhn und Geflügel aus dem Kontaktgrill

Huhn kreolisch

Nährwerte:

- Kalorien: 152,3 kcal
- Eiweiß: 29,6 Gramm
- Fett: 1,6 Gramm
- Kohlenhydrate: 4 Gramm

Für eine Portion benötigst Sie:

- 130 Gramm Innenfilets vom Huhn
- 1/4 Möhre
- 1/4 Zucchini
- 20 Gramm Sellerie
- 1 Zweig Thymian
- 2 EL Kokosmilch
- 1 Prise Kurkuma
- Salz und Pfeffer

So bereiten Sie das Gericht zu:

Das Gemüse in Streifen schneiden, mit den Filets vermengen und mit den Gewürzen abschmecken. Alles auf eine Folie legen und mit Kokosmilch übergießen. Die Folie verschließen und für 6 Minuten bei 180° Celsius garen.

Paprika- Hühnchen

Nährwerte:

- Kalorien: 176,1 kcal
- Eiweiß: 30,8 Gramm
- Fett: 1,9 Gramm
- Kohlenhydrate: 7,8 Gramm

Für eine Portion benötigst Sie:

- 130 Gramm Hühnerschnitzel
- 1 EL Joghurt
- 1/2 TL Paprikapulver
- 1 Messerspitze Senf
- Salz und Pfeffer
- 1/2 grüne und rote Paprika
- 1 TL Oregano
- Öl zum Braten

So bereiten Sie das Gericht zu:

Das Fleisch mit einer Mischung aus Joghurt, Paprikapulver und Senf bestreichen. Die Paprika in Streifen schneiden, salzen und pfeffern und mit Oregano verfeinern. Alles auf den eingeölten Kontaktgrill legen und für 5 Minuten bei 170° Celsius grillen. Das Fleisch erst nach dem Grillen salzen und pfeffern.

Gebratene Hühnerkeulen

Nährwerte:

- Kalorien: 347,7 kcal
- Eiweiß: 27,6 Gramm
- Fett: 16,9 Gramm
- Kohlenhydrate: 18,9 Gramm

Für eine Portion benötigst Sie:

- 1 Hühnerkeule
- Salz und Pfeffer
- 1/2 TL Thymian gehackt
- 1 Knoblauchzehe gepresst
- 1 Prise Piment
- 1 TL Balsamicoessig
- 1/2 TL Honig

So bereiten Sie das Gericht zu:

Alle Zutaten vermengen und die Keule gut damit einreiben. Auf den Kontaktgrill legen und für 35 Minuten bei 170° Celsius garen.

Pute mit Spinat gefüllt

Nährwerte:

- Kalorien: 211,7 kcal
- Eiweiß: 34,3 Gramm
- Fett: 6,9 Gramm
- Kohlenhydrate: 1,7 Gramm

Für eine Portion benötigst Sie:

- 130 Gramm Putenschnitzel
- Salz und Pfeffer
- 1 EL Frischkäse
- 5 Gramm Spinat in Streifen geschnitten
- 1 TL Sesam geröstet
- 1 Salbeiblatt fein gehackt
- Öl zum Braten

So bereiten Sie das Gericht zu:

Das Fleisch salzen und pfeffern und mit Frischkäse bestreichen. Mit dem Spinat belegen und mit Sesam und Salbei bestreuen. Das Fleisch einklappen und in etwas Öl am Kontaktgrill für 8 Minuten bei 170° Celsius braten.

Puten- Laibchen

Nährwerte:

- Kalorien: 222 kcal
- Eiweiß: 33,3 Gramm
- Fett: 4,7 Gramm
- Kohlenhydrate: 10,3 Gramm

Für eine Portion benötigst Sie:

- 130 Gramm Putenbrust
- 1 Zwiebel
- 1 Knoblauchzehe
- 1 gekochte Kartoffel
- 3 Stiele Petersilie
- 1 TL Senf süß
- 1 EL Sahne-Meerrettich
- Öl zum Braten

So bereiten Sie das Gericht zu:

Alle Zutaten gemeinsam durch den Fleischwolf drehen und mit feuchten Händen zu Laibchen formen. Den Kontaktgrill leicht mit Öl bepinseln und die Laibchen bei 170° Celsius für 6 Minuten grillen.

Entenbrust

Nährwerte:

- Kalorien: 680,9 kcal
- Eiweiß: 37,8 Gramm
- Fett: 51,1 Gramm
- Kohlenhydrate: 12,5 Gramm

Für eine Portion benötigst Sie:

- 200 Gramm Entenbrust mit Haut
- Salz und Pfeffer
- 1 TL Ahornsirup
- 1 EL Orangensaft
- 1 EL Orangenlikör
- 1 TL Balsamicoessig
- etwas Thymian

So bereiten Sie das Gericht zu:

Die Gewürze zu einer Marinade rühren und die Ente damit gut einstreichen. Die Haut zuvor mit einem scharfen Messer rautenförmig einritzen. Für 10 Minuten durchziehen lassen. Am Kontaktgrill für 15 Minuten bei 160° Celsius braten.

Steak vom Strauß

Nährwerte:

- Kalorien: 235,3 kcal
- Eiweiß: 41,4 Gramm
- Fett: 6,5 Gramm
- Kohlenhydrate: 1,3 Gramm

Für eine Portion benötigst Sie:

- 200 Gramm Straußen-Filet
- 1 Tasse Kaffee
- 1 Messerspitze Ingwer gerieben
- 1 Messerspitze Kakao
- Salz und Steak Pfeffer
- Öl zum Braten

So bereiten Sie das Gericht zu:

Kaffee, Ingwer und Kakao verrühren und den Strauß für eine Stunde darin marinieren. Den Kontaktgrill leicht ölen und das Fleisch für 8 Minuten bei 180° Celsius grillen. Das Fleisch erst vor dem Servieren mit Salz und Pfeffer würzen.

Spieß- Mix

Nährwerte:

- Kalorien: 209,1 kcal
- Eiweiß: 28,7 Gramm
- Fett: 9,2 Gramm
- Kohlenhydrate: 1,4 Gramm

Für eine Portion benötigst Sie:

- 80 Gramm Hühnerbrust
- 40 Gramm Hühnerleber
- 2 dünne Scheiben Speck
- 2 Kirschtomaten
- 20 Gramm Zucchini
- etwas Majoran
- Salz und Pfeffer
- Öl zum Braten

So bereiten Sie das Gericht zu:

Das Fleisch in Stücke schneiden und die Hühnerleber in Speck einwickeln. Abwechselnd mit Tomaten und Zucchini auf einen Spieß fädeln. Mit Majoran, Salz und Pfeffer würzen und auf den leicht geölten Kontaktgrill legen. Für 7 Minuten bei 170° Celsius grillen.

Überbackenes Huhn

Nährwerte:

- Kalorien: 261,1 kcal
- Eiweiß: 33,2 Gramm
- Fett: 11,7 Gramm
- Kohlenhydrate: 3,8 Gramm

Für eine Portion benötigst Sie:

- 130 Gramm Hühnerschnitzel
- Salz und Pfeffer
- 30 Gramm Avocado
- 1/2 rote Zwiebel
- etwas Majoran
- 1 EL Parmesan gerieben
- Öl zum Braten

So bereiten Sie das Gericht zu:

Das Huhn dünn klopfen, salzen und pfeffern und mit dünnen Scheiben von Avocado und Zwiebel belegen. Mit Majoran und Parmesan bestreuen und auf den leicht geölten Grill legen. Bei nicht ganz geschlossenem Deckel für 8 Minuten bei 175° Celsius überbacken lassen.

Huhn mit Dip

Nährwerte:

- Kalorien: 310,4 kcal
- Eiweiß: 30,5 Gramm
- Fett: 18,4 Gramm
- Kohlenhydrate: 3,6 Gramm

Für eine Portion benötigst Sie:

- 130 Gramm Hühnerbrust
- 1 TL Öl
- 1 TL Kokosflocken
- 1 TL Cajun Gewürz
- 1/4 Avocado
- 1 EL Mascarpone
- Saft einer halben Zitrone
- 1 EL Schnittlauch in Röllchen

So bereiten Sie das Gericht zu:

Das Huhn mit Öl einreiben und mit Kokosflocken und Cajun Gewürz einreiben. Auf dem Kontaktgrill für 6 Minuten bei 170° Celsius braten. Die Avocado mit der Gabel zerdrücken und mit Zitronensaft und Schnittlauch verrühren. Das Huhn in Tranchen schneiden und mit dem Dip anrichten.

Fleischgerichte aus dem Kontaktgrill

Cevapcici

Nährwerte:

- Kalorien: 362,3 kcal
- Eiweiß: 26,9 Gramm
- Fett: 25,1 Gramm
- Kohlenhydrate: 4,5 Gramm

Für eine Portion benötigst Sie:

- 130 Gramm Hammel Hackfleisch
- 2 EL Ajvar
- 1/2 TL Paprikapulver geräuchert
- 1 Knoblauchzehe gehackt
- 1 EL Petersilie gehackt
- Salz und Pfeffer

So bereiten Sie das Gericht zu:

Alle Zutaten gut verkneten und zu kleinen Würstchen formen. Auf den Kontaktgrill legen und für 6 Minuten bei 190° Celsius braten. Mit Zwiebelringen, scharfem Senf und scharfem Ketchup servieren.

Schweinefilet mit Zitronen-Pesto

Nährwerte:

- Kalorien: 296,1 kcal
- Eiweiß: 36,6 Gramm
- Fett: 12,9 Gramm
- Kohlenhydrate: 6,5 Gramm

Für eine Portion benötigst Sie:

- 150 Gramm Schweinefilet
- 1/2 Bund Petersilie
- 2 EL Olivenöl
- Saft einer Zitrone
- 1 Chili
- 1 EL Parmesan gerieben
- Salz und Pfeffer

So bereiten Sie das Gericht zu:

Das Fleisch in Medaillons schneiden und leicht flach drücken. Alle restlichen Zutaten im Mixer zu einem Pesto pürieren und das Fleisch damit bedecken. Auf den Grill auflegen und für 6 Minuten bei 170° Celsius braten. Wer es lieber durch anstatt rosa mag, grillt das Fleisch für 7 bis 8 Minuten.

Kotelette

Nährwerte:

- Kalorien: 325,5 kcal
- Eiweiß: 30,8 Gramm
- Fett: 18,6 Gramm
- Kohlenhydrate: 6,4 Gramm

Für eine Portion benötigst Sie:

- 1 Schweinekotelette
- 1 EL Ketchup
- 1/2 TL Knoblauchpulver
- 1 EL Öl
- 1/2 TL Kräuter der Provence
- 1 Spritzer Tabasco
- 1 TL Sojasauce

So bereiten Sie das Gericht zu:

Alle Würzmittel zu einer Marinade verrühren und das Kotelette für mindestens 20 Minuten darin marinieren. Das Fleisch auf den Kontaktgrill legen und für 10 Minuten bei 170° Celsius braten.

Schweinenacken rustikal

Nährwerte:

- Kalorien: 435,9 kcal
- Eiweiß: 32,4 Gramm
- Fett: 27,9 Gramm
- Kohlenhydrate: 5,6 Gramm

Für eine Portion benötigst Sie:

- 180 Gramm Schweinenacken
- Salz und Pfeffer
- 1 große Gemüsezwiebel
- 1 TL Öl
- 30 ml Weißwein
- 1 TL Senf
- 2 EL Sauerrahm
- 1 EL Petersilie
- 1 Prise Kümmel gemahlen

So bereiten Sie das Gericht zu:

Das Fleisch salzen und pfeffern. Die Zwiebel in Scheiben schneiden und separat im Öl goldbraun anbraten. Mit Weißwein ablöschen und einreduzieren lassen. Mit Senf, Sauerrahm, Petersilie und Kümmel würzen. Mit Salz und Pfeffer abschmecken. In der Zwischenzeit das Fleisch am Kontaktgrill für 7 Minuten bei 180° Celsius braten und zur Sauce anrichten.

Naturschnitzel mit Pilzen

Nährwerte:

- Kalorien: 282,8 kcal
- Eiweiß: 39,7 Gramm
- Fett: 8,7 Gramm
- Kohlenhydrate: 6,6 Gramm

Für eine Portion benötigst Sie:

- 160 Gramm Schweineschnitzel
- Salz und Pfeffer
- 1 EL Mehl
- 1 Schalotte
- 60 Gramm Pilze
- 1 EL Speckwürfel
- 1 TL Butter
- 1 Spritzer Gin
- 1 EL Schnittlauch

So bereiten Sie das Gericht zu:

Das Schnitzel salzen und pfeffern, im Mehl wälzen und am Kontaktgrill mit etwas Butter für 4 Minuten bei 180° Celsius braten. In der Zwischenzeit die Schalotte und die Pilze klein schneiden und mit den Speckwürfeln in der restlichen Butter anrösten. Mit Gin ablöschen und mit Schnittlauch verfeinern. Zusammen mit dem Naturschnitzel anrichten.

Schweinesteak mit Tomate und Rucola

Nährwerte:

- Kalorien: 281,9 kcal
- Eiweiß: 36,1 Gramm
- Fett: 13,4 Gramm
- Kohlenhydrate: 2,2 Gramm

Für eine Portion benötigst Sie:

- 160 Gramm Schweinerückensteak
- Salz und Pfeffer
- 1 Tomate
- 1/2 TL Oregano
- etwas Öl zum Braten
- 10 Gramm Rucola
- 1 TL Traubenkernöl

So bereiten Sie das Gericht zu:

Das Fleisch mit der Tomate belegen und mit Oregano würzen. Den Grill mit Öl bestreichen und das Fleisch für 7 Minuten bei 170° Celsius braten. Salzen, pfeffern, mit dem Rucola garnieren und mit dem Traubenkernöl garnieren.

Gefüllte Medaillons mit Gorgonzola

Nährwerte:

- Kalorien: 372,9 kcal
- Eiweiß: 46,3 Gramm
- Fett: 18,7 Gramm
- Kohlenhydrate: 2,2 Gramm

Für eine Portion benötigst Sie:

- 150 Gramm Schweinefilet- Medaillons
- 1 EL Gorgonzola
- 1 getrocknete Tomate
- Pfeffer
- 6 Scheiben Speck

So bereiten Sie das Gericht zu:

In die Medaillons eine Tasche schneiden. Die getrocknete Tomate fein hacken und mit Pfeffer und Gorgonzola vermengen. Die Medaillons damit füllen und mit dem Speck umwickeln. Im Kontaktgrill für 7 Minuten bei 180° Celsius grillen.

Tournedos auf Toast

Nährwerte:

- Kalorien: 408,8 kcal
- Eiweiß: 41,5 Gramm
- Fett: 14 Gramm
- Kohlenhydrate: 26,4 Gramm

Für eine Portion benötigst Sie:

- 180 Gramm Tournedos- Medaillons
- Salz und Pfeffer
- etwas Öl zum Braten
- 2 Scheiben Toast
- 1 EL Brombeermarmelade
- 1 Chili
- 2 Salbeiblätter gehackt

So bereiten Sie das Gericht zu:

Die Chili und den Salbei hacken und mit der Marmelade vermengen. Den Toast damit bestreichen. Zusammen mit dem Fleisch auf den eingeölten Grill legen und für 6 Minuten bei 180° Celsius grillen. Alles salzen und pfeffern und das Fleisch auf dem Toast anrichten.

Gefülltes Vitello Tonnato

Nährwerte:

- Kalorien: 556,6 kcal
- Eiweiß: 38,2 Gramm
- Fett: 20,7 Gramm
- Kohlenhydrate: 1,8 Gramm

Für eine Portion benötigst Sie:

- 160 Gramm Kalbsschnitzel
- Salz und Pfeffer
- 1 EL Thunfisch aus der Dose
- 1 EL Frischkäse
- 1 Kaper
- etwas Zitronenabrieb
- 1 TL Kerbel gehackt
- etwas Öl zum Braten

So bereiten Sie das Gericht zu:

Das Schnitzel dünn klopfen, salzen und pfeffern. Den Thunfisch mit dem Frischkäse, der gehackten Kaper, dem Zitronenabrieb und dem Kerbel verrühren. Das Fleisch damit bestreichen und einklappen. Den Kontaktgrill dünn mit Öl bestreichen und das Kalbfleisch für 7 Minuten bei 170° Celsius braten.

Kalbsrolle mit Spargel

Nährwerte:

- Kalorien: 315 kcal
- Eiweiß: 35,2 Gramm
- Fett: 17,9 Gramm
- Kohlenhydrate: 0,9 Gramm

Für eine Portion benötigst Sie:

- 160 Gramm Kalbsschnitzel
- Salz und Pfeffer
- 1 TL Senf
- 1 TL Estragon gehackt
- 1 Scheibe Parmaschinken
- 3 Stangen Spargel aus dem Glas
- etwas Öl zum Braten

So bereiten Sie das Gericht zu:

Das Fleisch salzen und pfeffern und mit dem Senf bestreichen. Mit Estragon bestreuen und mit Parmaschinken und Spargel belegen. Das Fleisch einrollen und den Grill ölen. Für 7 Minuten bei 165° Celsius braten.

Kalbsroulade mit Chili gefüllt

Nährwerte:

- Kalorien: 383,3 kcal
- Eiweiß: 38,1 Gramm
- Fett: 22,9 Gramm
- Kohlenhydrate: 3,4 Gramm

Für eine Portion benötigst Sie:

- 180 Gramm Kalbsschnitzel
- 15 Gramm weicher Ziegenkäse
- 1 Chili
- 1 Knoblauchzehe
- 20 Gramm Paprika eingelegt
- 1 EL Petersilie
- Salz und Pfeffer
- Öl zum Braten

So bereiten Sie das Gericht zu:

Chili, Knoblauch und Paprika klein schneiden und mit dem weichen Ziegenkäse, Petersilie und etwas Salz und Pfeffer vermengen. Das Fleisch damit einstreichen und einrollen. Auf den leicht geölten Kontaktgrill legen und für 7 Minuten bei 170° Celsius braten.

Kalbsmedaillons mit Kräuterbutter

Nährwerte:

- Kalorien: 394,8 kcal
- Eiweiß: 34,4 Gramm
- Fett: 25,8 Gramm
- Kohlenhydrate: 3,4 Gramm

Für eine Portion benötigst Sie:

- 180 Gramm Kalbsfilet
- Salz und Pfeffer
- 1 Messerspitze Puderzucker
- etwas Öl zum Braten
- 1 EL Butter
- 1 EL gemischte Kräuter nach Wahl
- etwas Abrieb einer Bio Zitrone

So bereiten Sie das Gericht zu:

Das Filet mit Puderzucker bestreuen und auf den geölten Grill legen. Für 4 Minuten bei 180° Celsius grillen. In einer Pfanne die Butter zum Schmelzen bringen und die Kräuter kurz darin anrösten. Das Fleisch anrichten, mit der heißen Butter übergießen und nach Wunsch salzen und pfeffern.

Feiner Kalbsspieß

Nährwerte:

- Kalorien: 285,8 kcal
- Eiweiß: 29,9 Gramm
- Fett: 16,6 Gramm
- Kohlenhydrate: 2,1 Gramm

Für eine Portion benötigst Sie:

- 150 Gramm Kalbsrücken
- 2 Schalotten
- 4 Okra Schoten
- Saft einer Orange
- Saft und Abrieb einer halben Bio Limette
- 1 EL Olivenöl
- 1 EL Sojasauce

So bereiten Sie das Gericht zu:

Aus Orangensaft, Limettensaft, Abrieb, Olivenöl und Sojasauce eine Marinade rühren. Das Fleisch würfeln und abwechselnd mit Okra Schoten und Schalotten auf einen Spieß aufziehen. Für 10 Minuten in der Marinade ziehen lassen und auf den Kontaktgrill legen. Für 7 Minuten bei 170° Celsius braten.

Kalbsnieren am Spieß

Nährwerte:

- Kalorien: 191,2 kcal
- Eiweiß: 20,7 Gramm
- Fett: 9,3 Gramm
- Kohlenhydrate: 5 Gramm

Für eine Portion benötigst Sie:

- 120 Gramm Kalbsniere küchenfertig geputzt
- 1 rote Zwiebel
- 2 Champignons
- 1 EL Balsamico- essig
- 1 TL Olivenöl
- 1/2 TL Rosmarin fein gehackt
- 1 Messerspitze Senf
- Salz und Pfeffer

So bereiten Sie das Gericht zu:

Die Niere, die Zwiebel und die Champignons würfeln und abwechselnd auf einen Spieß fädeln. Aus den restlichen Zutaten eine Marinade rühren und den Spieß für 20 Minuten einlegen. Im Kontaktgrill für 8 Minuten bei 170° Celsius grillen.

Kalbsleber

Nährwerte:

- Kalorien: 290,4 kcal
- Eiweiß: 30,5 Gramm
- Fett: 11,7 Gramm
- Kohlenhydrate: 13,8 Gramm

Für eine Portion benötigst Sie:

- 150 Gramm Kalbsleber
- 1 EL Sahnemeerrettich
- etwas Majoran getrocknet
- Salz und Pfeffer
- 1 EL Mehl
- etwas Öl zum Braten

So bereiten Sie das Gericht zu:

Die Leber mit Sahnemeerrettich einstreichen, mit Majoran bestreuen, salzen und pfeffern und im Mehl wälzen. Den Kontaktgrill dünn mit Öl bepinseln und die Leber für 5 Minuten bei 180° Celsius braten.

Kalb im Speckmantel

Nährwerte:

- Kalorien: 379,3 kcal
- Eiweiß: 34,6 Gramm
- Fett: 24,6 Gramm
- Kohlenhydrate: 2,1 Gramm

Für eine Portion benötigst Sie:

- 150 Gramm Kalbsschnitzel
- Salz und Pfeffer
- 1 EL Tomatenmark
- 1 EL Basilikum gehackt
- 1 Prise Kreuzkümmel gemahlen
- 3 Scheiben roher Speck

So bereiten Sie das Gericht zu:

Das Fleisch dünn klopfen, salzen und pfeffern und mit Tomatenmark bestreichen. Mit Basilikum und Kreuzkümmel würzen und mit dem Speck umwickeln. Auf den Kontaktgrill legen und für 6 Minuten bei 170° Celsius braten.

Klassisches Steak

Nährwerte:

- Kalorien: 357,6 kcal
- Eiweiß: 52,5 Gramm
- Fett: 15,1 Gramm
- Kohlenhydrate: 0,4 Gramm

Für eine Portion benötigst Sie:

- 250 Gramm Rinderhüftsteak
- Salz und grober Pfeffer
- etwas Öl zum Braten
- 1 Zweig Rosmarin
- 1 Zweig Thymian

So bereiten Sie das Gericht zu:

Das Fleisch mit grobem Pfeffer würzen und für 6 Minuten bei 200° Celsius braten. Das Fleisch vom Grill nehmen, salzen und mit Rosmarin und Thymian in eine Folie wickeln. Für 5 Minuten rasten und aromatisieren lassen.

Rind im Kräutermantel

Nährwerte:

- Kalorien: 502 kcal
- Eiweiß: 76,5 Gramm
- Fett: 19,7 Gramm
- Kohlenhydrate: 1,4 Gramm

Für eine Portion benötigst Sie:

- 360 Gramm Rinderfilet im Ganzen
- Salz und Pfeffer
- etwas Öl zum Braten
- 20 Gramm gemischte, gehackte Kräuter
- Abrieb einer Bio Zitrone
- 1 TL Senf

So bereiten Sie das Gericht zu:

Das Fleisch salzen und pfeffern und für 2 Minuten bei 200° Celsius im Kontaktgrill anbraten. In der Zwischenzeit die restlichen Zutaten verrühren und das Fleisch darin wälzen. Das Fleisch in Backpapier einrollen und zurück auf den Grill legen. Bei 160° Celsius für 15 Minuten weiter garen.

Rindfleisch- Burger

Nährwerte:

- Kalorien: 506 kcal
- Eiweiß: 30,4 Gramm
- Fett: 36 Gramm
- Kohlenhydrate: 11,1 Gramm

Für eine Portion benötigst Sie:

- 130 Gramm Rinderhackfleisch
- Salz und Pfeffer
- 1 Messerspitze Ingwer gerieben
- 20 Gramm Camembert
- 1 Burger Brötchen
- 2 Salatblätter
- 1 EL Knoblauch-Majonäse

So bereiten Sie das Gericht zu:

Hackfleisch, Salz, Pfeffer, Ingwer und Camembert gut verkneten und zu einem Pattie formen. Auf dem Kontaktgrill für 4 Minuten bei 190° Celsius grillen. Das Brot aufschneiden mit Salat und Knoblauch-Majonäse garnieren, das Pattie einlegen und für weitere 2 Minuten im Kontaktgrill knusprig braten.

Hüftsteak mit Pflaumen

Nährwerte:

- Kalorien: 392,2 kcal
- Eiweiß: 40,4 Gramm
- Fett: 18,7 Gramm
- Kohlenhydrate: 9,3 Gramm

Für eine Portion benötigst Sie:

- 200 Gramm Rinderhüftsteak
- 1/4 Paprika gelb
- 3 Pflaumen ohne Kern
- 1 TL Balsamico- Essig
- 1 TL Olivenöl
- etwas Thymian

So bereiten Sie das Gericht zu:

Das Fleisch, die Paprika und die Pflaumen abwechselnd auf einen Spieß fädeln. Die restlichen Zutaten zu einer Marinade rühren und den Spieß für 15 Minuten einlegen. Auf dem Kontaktgrill für 5 Minuten bei 200° Celsius grillen.

Asiatisches Steak

Nährwerte:

- Kalorien: 275,7 kcal
- Eiweiß: 28,9 Gramm
- Fett: 15,9 Gramm
- Kohlenhydrate: 2,2 Gramm

Für eine Portion benötigst Sie:

- 180 Gramm Rinderfilet
- Salz und Pfeffer
- etwas Öl zum Braten
- 1 EL Kokosöl
- Saft einer halben Limette
- 1/4 Zwiebel
- 1 EL Koriander gehackt
- 4 Minzblätter gehackt
- 1 Chili
- 1 TL Sesam geröstet

So bereiten Sie das Gericht zu:

Das Fleisch im leicht beölten Kontaktgrill für 6 Minuten bei 200° Celsius grillen, am Teller anrichten salzen und pfeffern. In der Zwischenzeit Zwiebel und Chili fein hacken, mit Kokosöl, Limettensaft, Koriander, Minze und Sesam gut verrühren und über das fertig gegarte Steak gießen.

Filet und Guave

Nährwerte:

- Kalorien: 321,2 kcal
- Eiweiß: 36,9 Gramm
- Fett: 11 Gramm
- Kohlenhydrate: 16,5 Gramm

Für eine Portion benötigst Sie:

- 130 Gramm Schweinefilet
- Salz und Pfeffer
- etwas Rosmarin gehackt
- 1/2 Guave
- 1 Prise Zucker
- 1 Prise Chilipulver
- etwas Öl zum Grillen

So bereiten Sie das Gericht zu:

Das Fleisch in dünne Medaillons schneiden, mit Rosmarin würzen und pfeffern. Die Guave aufschneiden und mit Zucker, Salz und Chili würzen. Auf den leicht geölten Grill legen und für 6 Minuten bei 175° Celsius grillen.

Rehfilet mit Marille

Nährwerte:

- Kalorien: 264 kcal
- Eiweiß: 34,6 Gramm
- Fett: 12,5 Gramm
- Kohlenhydrate: 1,5 Gramm

Für eine Portion benötigst Sie:

- 150 Gramm Rehfilet
- 1 TL Balsamico- Essig
- Salz und Pfeffer
- etwas Öl zum Braten
- 1/2 rote Zwiebel
- 3 Marillen
- 1 TL Butter
- 2 EL Sauerrahm

So bereiten Sie das Gericht zu:

Die Rehfilets, die grob geschnittene Zwiebel und die halbierten Marillen in einer Marinade aus Essig, Salz und Pfeffer einlegen. Den Kontaktgrill ölen und alles zusammen für 6 Minuten bei 170° Celsius garen. Den Deckel öffnen und die Butter grob verteilen und schmelzen lassen. Alles anrichten und mit dem Sauerrahm garnieren.

Orientalischer Hirsch

Nährwerte:

- Kalorien: 245,7 kcal
- Eiweiß: 38 Gramm
- Fett: 8,4 Gramm
- Kohlenhydrate: 2,9 Gramm

Für eine Portion benötigst Sie:

- 3 Pfefferkörner
- 1/2 TL Fenchelsamen
- 1/2 TL Senfkörner
- 2 Pimentkörner
- 1/2 TL grobes Meersalz
- 180 Gramm Hirschrückensteak
- etwas Abrieb einer Bio Orange
- 1 TL Sesamöl

So bereiten Sie das Gericht zu:

Die Gewürze im Mörser zerstoßen und das Fleisch damit einreiben. Am Kontaktgrill für 7 Minuten bei 180° Celsius grillen. Anrichten und mit dem Abrieb der Orange und dem Sesamöl verfeinern.

Vanillesteak

Nährwerte:

- Kalorien: 281,5 kcal
- Eiweiß: 38,4 Gramm
- Fett: 11,8 Gramm
- Kohlenhydrate: 3,3 Gramm

Für eine Portion benötigst Sie:

- 1 EL dunkle Sojasauce
- 1 Prise Knoblauchpulver
- 1 gute Messerspitze Vanillezucker
- etwas Abrieb einer Bio Limette
- 180 Gramm Rinderfilet
- etwas Steak- Pfeffer
- Öl zum Braten

So bereiten Sie das Gericht zu:

Die Sojasauce mit dem Knoblauch, der Vanille und dem Abrieb vermengen und das Fleisch gut damit einreiben. Das Filet am leicht beölten Kontaktgrill für 6 Minuten bei 190° Celsius grillen. Mit Steak-Pfeffer würzen und anrichten.

Feuriges Steak

Nährwerte:

- Kalorien: 299,2 kcal
- Eiweiß: 30,4 Gramm
- Fett: 15,5 Gramm
- Kohlenhydrate: 7,4 Gramm

Für eine Portion benötigst Sie:

- 150 Gramm Schweinehackfleisch
- 1 EL Bacon gewürfelt
- 1 EL Zwiebel gewürfelt
- 1 TL Sambal Oelek
- 1/2 TL Oregano
- 1 EL Semmelbrösel
- Öl zum Braten

So bereiten Sie das Gericht zu:

Alle Zutaten gut verkneten und zu einem Steak formen. Den Kontaktgrill ölen und das Steak für 5 Minuten bei 200° Celsius grillen.

Lamm und Knoblauch

Nährwerte:

- Kalorien: 293,3 kcal
- Eiweiß: 30,6 Gramm
- Fett:16,6 Gramm
- Kohlenhydrate: 3,3 Gramm

Für eine Portion benötigst Sie:

- 150 Gramm Lammrücken
- 1 EL Zitronensaft
- 2 Knoblauchzehen gehackt
- 1 Messerspitze Senf
- etwas Majoran getrocknet
- Salz und Pfeffer
- Öl zum Braten

So bereiten Sie das Gericht zu:

Das Fleisch mit Zitronensaft einreiben, mit Senf bestreichen und mit Knoblauch und Majoran aromatisieren. Im leicht geölten Kontaktgrill für 8 Minuten bei 170° Celsius braten. Anrichten und nach Bedarf salzen und pfeffern.

Lamm-Burger mit Minze

Nährwerte:

- Kalorien: 392,8 kcal
- Eiweiß: 37,5 Gramm
- Fett: 21,9 Gramm
- Kohlenhydrate: 8,6 Gramm

Für eine Portion benötigst Sie:

- 150 Gramm Lamm-Hackfleisch
- 1 EL Joghurt
- 1 EL Minze gehackt
- 1/2 rote Zwiebel fein gehackt
- 1 Messerspitze Curry gelb
- 1 Ei
- 1 EL Kichererbsenmehl
- Salz und Pfeffer
- Öl zum Braten

So bereiten Sie das Gericht zu:

Alle Zutaten gut verkneten und zu einem Burger formen. Den Kontaktgrill leicht mit Öl einstreichen und den Burger für 6 Minuten bei 180° Celsius grillen.

Wild-Burger mit Nuss und Frucht

Nährwerte:

- Kalorien: 467,5 kcal
- Eiweiß: 33,9 Gramm
- Fett: 32,2 Gramm
- Kohlenhydrate: 7,1 Gramm

Für eine Portion benötigst Sie:

- 150 Gramm Hackfleisch vom Wild
- 1 getrocknete Aprikose fein gehackt
- 10 Gramm Speck gewürfelt
- 1 EL Walnüsse gehackt
- 1 Messerspitze Ingwer gerieben
- Salz und Pfeffer
- 1 Messerspitze chinesisches 5-Spices Gewürz
- etwas Öl zum Braten

So bereiten Sie das Gericht zu:

Alle Zutaten vermengen und zu einem schönen Burger formen. Den Kontaktgrill dünn mit Öl bepinseln und den Burger auflegen. Für 6 Minuten bei 180° Celsius grillen.

Hase und Thymian

Nährwerte:

- Kalorien: 223,1 kcal
- Eiweiß: 29,2 Gramm
- Fett: 7,1 Gramm
- Kohlenhydrate: 9 Gramm

Für eine Portion benötigst Sie:

- 130 Gramm Hasen- Filet
- 1 TL Honig
- 1 Messerspitze Paprikapulver
- 1 Prise Kümmel gemahlen
- Salz und Pfeffer
- 1 TL Thymian gerebelt
- 1 TL Öl
- Saft einer halben Limette

So bereiten Sie das Gericht zu:

Honig, Paprika, Kümmel, Salz, Pfeffer, Thymian, Öl und Limettensaft zu einer Marinade verrühren. Das Hasenfleisch für 30 Minuten darin ziehen lassen. Auf den Kontaktgrill legen und für 4 Minuten bei 180° Celsius grillen. So ist der Hase noch schön rosa. Wenn Sie ihn lieber gut durch haben, grillen Sie das Fleisch bei gleicher Temperatur für 6 bis 7 Minuten.

Ziege in Buttermilch- Dressing

Nährwerte:

- Kalorien: 292,5 kcal
- Eiweiß: 27,5 Gramm
- Fett: 15,3 Gramm
- Kohlenhydrate: 9,2 Gramm

Für eine Portion benötigst Sie:

- 130 Gramm Ziegennacken
- 100 ml Buttermilch
- 1 Zweig Rosmarin
- 1 Zweig Thymian
- 1 Prise Zucker
- 1 Prise Nelkenpulver
- Salz und Pfeffer
- 1 EL Maismehl
- etwas Öl zum Braten

So bereiten Sie das Gericht zu:

Die Buttermilch mit Rosmarin, Thymian, Zucker und Nelkenpulver verrühren. Das Ziegenfleisch darin einlegen und für mindestens eine Stunde marinieren lassen. Den Kontaktgrill dünn mit Öl bepinseln und das Fleisch in Maismehl wälzen und auflegen. Bei 180° Celsius für 8 Minuten grillen, salzen, pfeffern und anrichten.

Reh und Steinpilze

Nährwerte:

- Kalorien: 232,5 kcal
- Eiweiß: 37,3 Gramm
- Fett: 7,9 Gramm
- Kohlenhydrate: 1,5 Gramm

Für eine Portion benötigst Sie:

- 150 Gramm Rehrücken
- 80 Gramm Steinpilze
- Saft einer Zitrone
- 1 EL Olivenöl
- 1 TL Ingwer gerieben
- 1 EL Oregano getrocknet
- 1 Messerspitze Cayennepfeffer
- 1 EL Sojasauce

So bereiten Sie das Gericht zu:

Reh und Steinpilze in gleichgroße Stücke schneiden. Die restlichen Zutaten zu einer Marinade rühren und beides für 20 Minuten darin einlegen. Auf den Kontaktgrill legen und bei 180° Celsius für 6 Minuten grillen.

Steak und Whiskey

Nährwerte:

- Kalorien: 280,8 kcal
- Eiweiß: 35,3 Gramm
- Fett: 8,2 Gramm
- Kohlenhydrate: 2,9 Gramm

Für eine Portion benötigst Sie:

- 160 Gramm Schweinerücken- Steak
- 1 EL Aprikosenmarmelade
- 2 EL Whiskey
- 1 EL Sojasauce
- 1 EL Walnussöl
- 1 Messerspitze Paprikapulver

So bereiten Sie das Gericht zu:

Die Marmelade mit den restlichen Würzmitteln verrühren und das Fleisch für 15 Minuten darin marinieren. Auf den Kontaktgrill legen und für 6 Minuten bei 170° Celsius grillen. Sie können anstatt Whiskey auch Gin, Rum oder Cognac verwenden.

Kötbullar

Nährwerte:

- Kalorien: 448,7 kcal
- Eiweiß: 31,9 Gramm
- Fett: 46,5 Gramm
- Kohlenhydrate: 17,4 Gramm

Für eine Portion benötigst Sie:

- 150 Gramm Rinderhackfleisch
- 1 Schalotte gehackt
- 1 Knoblauchzehe gepresst
- 1 Scheibe Toastbrot gewürfelt
- 2 EL Sahne
- 1 EL Preiselbeermarmelade
- 1 Ei
- 1 EL Mehl
- 1 EL Petersilie gehackt
- 1 Messerspitze Paprikapulver
- Salz und Pfeffer
- etwas Öl zum Braten

So bereiten Sie das Gericht zu:

Das Toastbrot in der Sahne einweichen und mit den restlichen Zutaten gut verkneten. Die Masse für 5 Minuten rasten lassen. Danach mit feuchten Händen kleine Kugeln formen. Diese auf den leicht eingeölten Kontaktgrill legen und für 8 Minuten bei 170° Celsius grillen. Sie können die Bällchen mit einer Sahnesauce oder mit Senf und Ketchup servieren. Auch auf Salat schmecken diese ganz wunderbar.

Pfeffersteak

Nährwerte:

- Kalorien: 664,2 kcal
- Eiweiß: 43,5 Gramm
- Fett: 45,9 Gramm
- Kohlenhydrate: 14,4 Gramm

Für eine Portion benötigst Sie:

- 200 Gramm Rib Eye Steak
- Meersalz
- geschroteter Pfeffer
- etwas Öl zum Braten
- 1/2 Zwiebel
- 1 TL Butter
- 1 TL Mehl
- 20 ml Weißwein
- 1 TL grüne Pfefferkörner
- 100 ml Sahne
- 1/2 TL Thymian

So bereiten Sie das Gericht zu:

Das Fleisch salzen und pfeffern und am leicht geölten Kontaktgrill für 8 Minuten bei 190° Celsius grillen. In der Zwischenzeit die Zwiebel fein hacken und diese in der Butter anschwitzen. Mit dem Mehl stäuben und mit dem Weißwein ablöschen. Mit dem Schneebesen gut durchrühren und die Pfefferkörner, die Sahne und den Thymian einrühren. Das Fleisch vor dem Anrichten noch kurz in der Sauce schwenken.

Fisch aus dem Kontaktgrill

Zitronen-Saibling

Nährwerte:

- Kalorien: 252,3 kcal
- Eiweiß: 32,5 Gramm
- Fett: 12,7 Gramm
- Kohlenhydrate: 0,3 Gramm

Für eine Portion benötigst Sie:

- 170 Gramm Saibling filetiert
- 1 TL Zitronensaft
- Salz und Pfeffer
- 1/2 TL Abrieb einer Zitrone
- 1 Messerspitze Ingwer gerieben
- etwas Zitronenöl

So bereiten Sie das Gericht zu:

Den Fisch säuern, salzen und pfeffern und mit dem Abrieb der Zitrone und dem Ingwer abschmecken. Den Kontaktgrill mit dem Zitronenöl bepinseln und den Fisch auflegen. Bei 170° Celsius für etwa 3 Minuten grillen, anrichten und mit etwas Zitronenöl und Zitronensaft beträufeln.

Thunfisch am Zitronengras

Nährwerte:

- Kalorien: 270 kcal
- Eiweiß: 28,7 Gramm
- Fett: 15,3 Gramm
- Kohlenhydrate: 2,3 Gramm

Für eine Portion benötigst Sie:

- 130 Gramm Thunfisch- Steak
- 30 Gramm Zucchini
- eine Stange Zitronengras
- Salz und Pfeffer
- etwas Öl zum Braten
- Saft einer Limette
- 1 TL Kerbel gehackt
- 1 TL geröstete und gehackte Cashew- Nüsse

So bereiten Sie das Gericht zu:

Den Thunfisch würfeln und die Zucchini in Scheiben schneiden. Abwechselnd auf dem Zitronengras aufspießen. Salzen und pfeffern und auf den leicht beölten Kontaktgrill legen. Für drei Minuten bei 170° Celsius braten. Limettensaft, Kerbel und Cashew Nüsse vermengen und den gebratenen Spieß vor dem Servieren darin wenden.

Fisch-Burger

Nährwerte:

- Kalorien: 287,2 kcal
- Eiweiß: 29,8 Gramm
- Fett: 15,3 Gramm
- Kohlenhydrate: 5,6 Gramm

Für eine Portion benötigst Sie:

- 120 Gramm Seelachs
- Salz
- 1 Messerspitze Paprikapulver scharf
- 1 Eiweiß
- 1 Messerspitze Zitronenabrieb
- 1 TL Estragon gehackt
- 1 Prise Kardamom
- 1 Knoblauchzehe fein gehackt
- 1/4 rote Paprika klein gewürfelt
- 1 TL Haferkleie
- etwas Öl zum Braten

So bereiten Sie das Gericht zu:

Den Seelachs in sehr feine Würfel schneiden und mit den restlichen Zutaten vorsichtig verkneten. Für 10 Minuten quellen lassen und mit feuchten Händen zu zwei kleinen Laibchen formen. Den Kontaktgrill dünn mit Öl bepinseln und die Laibchen auflegen. Für 6 Minuten bei 170° Celsius garen.

Scharfe Garnelen

Nährwerte:

- Kalorien: 232,1 kcal
- Eiweiß: 31,8 Gramm
- Fett: 7,9 Gramm
- Kohlenhydrate: 6,8 Gramm

Für eine Portion benötigst Sie:

- 150 Gramm Garnelen geputzt, ohne Kopf und ohne Schale
- 1 EL Sojasauce hell
- 1 TL Austernsauce dunkel
- 1 Chili gehackt
- 1 Messerspitze Kurkuma gerieben
- etwas Abrieb einer Bio Orange
- 1 EL Maismehl
- etwas Öl zum Braten
- Chili-Öl zum Beträufeln
- 1 gehackte Frühlingszwiebel

So bereiten Sie das Gericht zu:

Aus Sojasauce, Austernsauce, Kurkuma, Orangenabrieb und Chili eine Marinade rühren und die Garnelen für 10 Minuten darin ziehen lassen. Die Garnelen im Maismehl wälzen. Den Kontaktgrill mit Öl bepinseln und die Garnelen darauf für 5 Minuten bei 170° Celsius braten. Mit der restlichen Marinade übergießen und anrichten. Vor dem Servieren mit Chili-Öl und der gehackten Frühlingszwiebel verfeinern.

Lachs im Bananenblatt gegart

Nährwerte:

- Kalorien: 267,8 kcal
- Eiweiß: 28,4 Gramm
- Fett: 14,8 Gramm
- Kohlenhydrate: 3,3 Gramm

Für eine Portion benötigst Sie:

- 1 Bananenblatt
- 2 Scheiben Zitrone
- 2 EL Kokosmilch
- 150 Gramm Lachsfilet mit Haut
- 1/4 Paprika gelb
- 20 Gramm Lauchringe
- 1 cm Ingwer
- Salz und Pfeffer

So bereiten Sie das Gericht zu:

Den Fisch auf das Bananenblatt legen und mit in Streifen geschnittenem Paprika, Lauchringen und fein geriebenem Ingwer bedecken. Mit der Zitrone abschließen und mit Salz und Pfeffer würzen. Mit der Kokosmilch übergießen und das Bananenblatt verschließen. Auf den Kontaktgrill legen und für 6 Minuten bei 170° Celsius garen.

Barsch Teriyaki

Nährwerte:

- Kalorien: 253,4 kcal
- Eiweiß: 35,2 Gramm
- Fett: 9.7 Gramm
- Kohlenhydrate: 4,6 Gramm

Für eine Portion benötigst Sie:

- 170 Gramm Viktoria Barschfilet
- 1 EL Teriyaki Sauce
- 1 EL Kartoffelmehl
- etwas Öl zum Braten
- 1 EL Schnittlauch in Röllchen
- 1 TL Sesamkerne geröstet
- 1 Spritzer Zitronensaft

So bereiten Sie das Gericht zu:

Den Fisch gut mit der Teriyaki Sauce einstreichen und im Kartoffelmehl wälzen. Den Kontaktgrill mit Öl bestreichen und den Fisch für 6 Minuten bei 175° Celsius braten. Anrichten und mit Schnittlauch, Sesam und Zitronensaft verfeinern.

Red Snapper, Ingwer und Chili

Nährwerte:

- Kalorien: 362,8 kcal
- Eiweiß: 39,4 Gramm
- Fett: 19,8 Gramm
- Kohlenhydrate: 4,1 Gramm

Für eine Portion benötigst Sie:

- 200 Gramm Red Snapper
- Salz und Pfeffer
- etwas Öl zum Braten
- 1 rote Zwiebel
- 1 große rote Chilischote
- 1/2 TL Ingwer
- 1 EL Butter
- Saft einer halben Zitrone
- 10 Gramm Sojasprossen
- 1 EL Petersilie

So bereiten Sie das Gericht zu:

Den Fisch salzen und pfeffern und auf dem leicht beölten Kontaktgrill für 7 Minuten bei 180° Celsius garen. In der Zwischenzeit die Butter in einer Pfanne schmelzen lassen. Zwiebel, Chili und Ingwer klein schneiden und goldgelb anrösten. Mit Zitronensaft ablöschen, mit Petersilie verfeinern und die Sojasprossen unterheben. Zusammen mit dem Fisch anrichten.

Meeresfrüchte am Spieß

Nährwerte:

- Kalorien: 188,9 kcal
- Eiweiß: 22,7 Gramm
- Fett: 6,9 Gramm
- Kohlenhydrate: 7,7 Gramm

Für eine Portion benötigst Sie:

- 3 Garnelen ohne Kopf und ohne Schale
- 50 Gramm Tintenfisch
- 1/2 rote Zwiebel
- 20 Gramm Auberginen
- 2 getrocknete Pflaumen
- 1 TL rote Currypaste
- 1 EL Joghurt
- etwas Thymian getrocknet
- Salz
- etwas Öl zum Braten

So bereiten Sie das Gericht zu:

Das Gemüse grob würfeln und abwechselnd mit den Garnelen, Tintenfischen und Pflaumen auf einen Spieß fädeln. Die rote Currypaste mit dem Joghurt, Thymian und Salz gut verrühren und den Spieß damit marinieren. Für 15 Minuten durchziehen lassen und auf dem leicht beölten Kontaktgrill für 6 Minuten bei 170° Celsius braten.

Fisch und Speck

Nährwerte:

- Kalorien: 349 kcal
- Eiweiß: 40,9 Gramm
- Fett: 18,5 Gramm
- Kohlenhydrate: 2,2 Gramm

Für eine Portion benötigst Sie:

- 150 Gramm Kabeljau
- Salz und Pfeffer
- 1 TL Balsamico- Essig
- etwas Majoran
- 1 Prise Zimt
- 3 Scheiben Speck
- 1/2 TL Ahornsirup

So bereiten Sie das Gericht zu:

Den Fisch salzen und pfeffern und mit dem Balsamico Essig bestreichen und mit Majoran und Zimt bestreuen. Mit dem Speck umwickeln und im Kontaktgrill für 6 Minuten bei 170° Celsius grillen. Den Deckel öffnen, den Fisch mit Ahornsirup bestreichen, für eine Minute durchziehen lassen und anrichten.

Fisch und Ananas

Nährwerte:

- Kalorien: 269,4 kcal
- Eiweiß: 34,8 Gramm
- Fett: 12,3 Gramm
- Kohlenhydrate: 3 Gramm

Für eine Portion benötigst Sie:

- 180 Gramm Seelachs- Filet
- Salz und Pfeffer
- 1 Prise Anispulver
- 1 EL Ananasmarmelade
- 1/2 TL Dill gehackt
- 1 Knoblauchzehe fein gehackt
- Saft einer halben Limette
- 1 Scheibe Ananas
- etwas Öl zum Braten

So bereiten Sie das Gericht zu:

Den Fisch salzen und pfeffern und mit Anispulver würzen. Mit der Ananasmarmelade bestreichen und mit Dill, Knoblauch und Limettensaft abschmecken. Mit der Ananas belegen. Den Kontaktgrill dünn mit Öl bepinseln und den Fisch auflegen. Für 7 Minuten bei 170° Celsius grillen.

Sandwiches

Sandwiches sind eigentlich die Klassiker, die im Kontaktgrill zubereitet werden. In diesem Kapitel möchten wir Ihnen jedoch einige neue Varianten vorstellen, denn es müssen nicht immer nur Schinken und Käse sein.

Tofu- Sandwich

Nährwerte:

- Kalorien: 209 kcal
- Eiweiß: 7 Gramm
- Fett: 10,3 Gramm
- Kohlenhydrate: 20,6 Gramm

Für eine Portion benötigst Sie:

- 2 Scheiben Toastbrot
- 1 TL Butter
- 30 Gramm geräucherter Tofu
- 10 Gramm weiche Avocado
- 1 getrocknete Tomate
- 1 Frühlingszwiebel
- 1 Spritzer Limettensaft
- Salz und Pfeffer

So bereiten Sie das Gericht zu:

Das Toastbrot innen und außen dünn mit Butter bestreichen. Die getrocknete Tomate und die Frühlingszwiebel fein hacken und mit der weichen Avocado vermengen. Mit Limettensaft, Salz und Pfeffer würzen und das Brot damit bestreichen. Mit dem geräucherten Tofu füllen und in den Kontaktgrill legen. Für 4 Minuten bei 180° Celsius grillen.

Falafel Sandwich

Nährwerte:

- Kalorien: 390,6 kcal
- Eiweiß: 14,2 Gramm
- Fett: 18,6 Gramm
- Kohlenhydrate: 38,7 Gramm

Für eine Portion benötigst Sie:

- 2 Scheiben Vollkorn Toastbrot
- 1 EL Olivenöl
- 2 Falafel Kichererbsen-Kugeln
- 20 Gramm Feta
- 1 TL Tahini Paste
- 1 Senfgurke
- 1 Tomate
- 5 Gramm Rucola Salat

So bereiten Sie das Gericht zu:

Das Toastbrot von außen mit dem Olivenöl bestreichen. Auf der Innenseite mit Tahini Paste bestreichen und mit Senfgurke, Tomate, Rucola, Feta und der Falafel befüllen. In den Kontaktgrill legen und für 4 Minuten bei 200° Celsius grillen.

Philadelphia Käsesteak

Nährwerte:

- Kalorien: 315,1 kcal
- Eiweiß: 33,2 Gramm
- Fett: 13,6 Gramm
- Kohlenhydrate: 12,7 Gramm

Für eine Portion benötigst Sie:

- 120 Gramm Roastbeef
- 1 EL Cheddar gerieben
- 1 EL Zwiebel grob gehackt
- etwas Majoran
- 1 Frühlingszwiebel gehackt
- 1 Pfefferoni gewürfelt
- 1 Burger Brötchen

So bereiten Sie das Gericht zu:

Alle Zutaten gut miteinander vermengen, das Burgerbrötchen entzwei schneiden und mit der Masse füllen. Für 6 Minuten bei 180° Celsius grillen.

Mac and Cheese im Fladenbrot

Nährwerte:

- Kalorien: 289,2 kcal
- Eiweiß: 12,6 Gramm
- Fett: 16,8 Gramm
- Kohlenhydrate: 19,8 Gramm

Für eine Portion benötigst Sie:

- 30 Gramm gekochte Nudeln
- 20 Gramm geriebener Käse
- 3 EL Sahne
- Salz und Pfeffer
- 1 EL Liebstöckel gehackt
- 1 Fladenbrot
- 2 Scheiben Käse
- etwas Ketchup

So bereiten Sie das Gericht zu:

Die Nudeln mit dem geriebenen Käse und der Sahne in einem Topf erhitzen. Der Käse soll schon zu schmelzen beginnen. Das Fladenbrot mit Ketchup bestreichen, mit Käse belegen und mit Liebstöckel bestreuen. Mit der Käsemasse befüllen und auf den Grill legen. Bei 180° Celsius für 5 Minuten grillen.

Toast mit Erdnussbutter, Bananen und Speck

Nährwerte:

- Kalorien: 416,6 kcal
- Eiweiß: 16,3 Gramm
- Fett: 22,3 Gramm
- Kohlenhydrate: 34,7 Gramm

Für eine Portion benötigst Sie:

- 2 dicke Scheiben Toastbrot
- 3 Scheiben Speck
- 2 EL Erdnussbutter
- 1/2 Banane
- 1 TL Mango-Chutney

So bereiten Sie das Gericht zu:

Den Speck und die in Scheiben geschnittene Banane auf den Grill legen und für 3 Minuten bei 180° Celsius braten. Das Toastbrot mit Erdnussbutter und Mango- Chutney bestreichen und mit dem knusprigen Speck und den gegrillten Bananen belegen. Das Sandwich zuklappen und am Grill für 4 Minuten bei 180° Celsius grillen. Dieses Sandwich wurde berühmt, da es das Lieblings-Sandwich von Elvis gewesen sein soll.

Toast mit gegrillten Jakobsmuscheln

Nährwerte:

- Kalorien: 479,8 kcal
- Eiweiß: 19,3 Gramm
- Fett: 16,9 Gramm
- Kohlenhydrate: 59,3 Gramm

Für eine Portion benötigst Sie:

- 2 Scheiben Schwarzbrot
- 1 EL Zitronensaft
- 1/2 TL Abrieb einer Bio Zitrone
- 1 EL weiche Butter
- 3 Jakobsmuscheln
- Salz und Pfeffer
- 3 Scheiben Gurken
- 1 EL Forellenkaviar
- 1 EL saure Sahne
- 1 TL Tomatenmark
- 1/2 TL Dill gehackt
- 2 Blatt Salbei gehackt
- einige Sojasprossenkeimlinge

So bereiten Sie das Gericht zu:

Den Zitronensaft mit dem Abrieb und der Butter vermengen. Das Schwarzbrot auf beiden Seiten damit einstreichen und auf den Grill legen. Für 1 Minute bei 200° Celsius grillen. Die Jakobsmuscheln ebenfalls eine Minute bei 200° Celsius grillen. Die saure Sahne mit dem Tomatenmark verrühren und das Brot damit bestreichen. Mit dem Kaviar bestreuen und die Jakobsmuscheln darauf setzen. Mit Dill, Salbei, Sojasprossen Keimlingen und Gurkenscheiben garnieren und anrichten. Alles dezent mit Salz und Pfeffer würzen.

Kebab

Nährwerte:

- Kalorien: 326,8 kcal
- Eiweiß: 33,4 Gramm
- Fett: 7,5 Gramm
- Kohlenhydrate: 29,3 Gramm

Für eine Portion benötigst Sie:

- 130 Gramm Kalbsschnitzel
- Salz und Pfeffer
- 1 Messerspitze Paprikapulver
- 1 Messerspitze Knoblauchpulver
- etwas Öl zum Braten
- 1 Kebab- Brötchen
- 2 EL türkisches Joghurt
- 1 EL Petersilie gehackt
- 1 Knoblauchzehe fein gehackt
- 10 Gramm Blaukraut gehobelt
- 2 Scheiben Tomaten
- 2 Scheiben Gurken
- 1/2 Zwiebel in Ringe geschnitten
- etwas Chilipulver

So bereiten Sie das Gericht zu:

Das Fleisch dünn klopfen, salzen, pfeffern und mit Paprika und Knoblauch würzen. Den Kontaktgrill dünn mit Öl bestreichen und das Fleisch für 6 Minuten bei 200° Celsius knusprig braten. Vom Grill nehmen und in dünne Streifen schneiden. Das türkische Joghurt mit Petersilie und Knoblauch verrühren, salzen und pfeffern. Das Kebab- Brötchen mit dem Fleisch, der Sauce, Blaukraut, Tomaten, Gurken und Zwiebel füllen und mit etwas Chilipulver würzen.

Baguette mit Blauschimmelkäse

Nährwerte:

- Kalorien: 228,5 kcal
- Eiweiß: 9,7 Gramm
- Fett: 8,2 Gramm
- Kohlenhydrate: 27,4 Gramm

Für eine Portion benötigst Sie:

- 1 kleines Baguette
- 1 Feige
- 15 Gramm Blauschimmelkäse
- 1 EL Frischkäse
- 1 EL Minze gehackt
- etwas Abrieb einer Bio Limette
- Pfeffer

So bereiten Sie das Gericht zu:

Das Baguette entzweischneiden und eine Hälfte mit der in Scheiben geschnittenen Feige belegen. Den Blauschimmelkäse mit dem Frischkäse, der Minze, dem Abrieb und etwas Pfeffer verrühren und die zweite Hälfte damit bestreichen. Das Baguette zusammenklappen und im Kontaktgrill für 5 Minuten bei 180° Celsius grillen.

Sandwich mit Hackfleisch und Käse

Nährwerte:

- Kalorien: 529,2 kcal
- Eiweiß: 36 Gramm
- Fett: 28,6 Gramm
- Kohlenhydrate: 28,1 Gramm

Für eine Portion benötigst Sie:

- 120 Gramm Rinderhack
- Salz und Pfeffer
- etwas Majoran
- 1 EL Staudensellerie fein gewürfelt
- 1 Frühlingszwiebel fein gehackt
- 2 Scheiben Käse
- 1 Burger Brötchen
- etwas Öl zum Braten

So bereiten Sie das Gericht zu:

Den Kontaktgrill dünn mit Öl bepinseln. Das Rinderhack dünn auflegen und mit Salz, Pfeffer, Majoran, Staudensellerie, Frühlingszwiebel und Käse belegen. Für 6 Minuten bei 170° Celsius grillen. Mit einer Spatel vermengen und das Burger- Brötchen damit füllen. Für weitere 2 Minuten bei 170° Celsius knusprig braten.

Toast Hawaii

Nährwerte:

- Kalorien: 301,6 kcal
- Eiweiß: 19,9 Gramm
- Fett: 9,6 Gramm
- Kohlenhydrate: 31,9 Gramm

Für eine Portion benötigst Sie:

- 1 Semmel
- 1 EL Tomatenmark
- etwas Oregano
- 2 dünne Scheiben Ananas
- 2 Scheiben Schinken
- 2 Scheiben Käse
- 1 EL Koriander grob gehackt

So bereiten Sie das Gericht zu:

Die Semmel in 2 Hälften schneiden und mit Tomatenmark bestreichen. Mit Oregano bestreuen und mit Ananas, Schinken und Käse belegen. Im Kontaktgrill bei nicht ganz geschlossenem Deckel für 6 Minuten bei 180° Celsius überbacken. Anrichten und mit Koriander bestreuen.

Sandwich mit Parmesan und Salami

Nährwerte:

- Kalorien: 367,8 kcal
- Eiweiß: 15,9 Gramm
- Fett: 17 Gramm
- Kohlenhydrate: 35,3 Gramm

Für eine Portion benötigst Sie:

- 1 Ciabatta Brötchen
- 80 Gramm Geflügelsalami
- 1/4 Paprika rot in Streifen geschnitten
- 2 EL Parmesan gehobelt
- 10 Gramm Rucola- Salat

So bereiten Sie das Gericht zu:

Das Ciabatta- Brötchen in zwei Hälften schneiden und mit Salami, Paprika und Parmesan belegen. Im Kontaktgrill für 5 Minuten bei 180° Celsius und nicht ganz geschlossenem Deckel grillen. Vom Grill nehmen, mit Rucola belegen, zusammenklappen und für eine weitere Minute im Kontaktgrill knusprig braten.

Käsekrainer Hot Dog

Nährwerte:

- Kalorien: 640,7 kcal
- Eiweiß: 20,6 Gramm
- Fett: 44,2 Gramm
- Kohlenhydrate: 35,4 Gramm

Für eine Portion benötigst Sie:

- 1 Käsekrainer
- 1 großes Hot Dog Brötchen
- 1 EL Senf mittelscharf
- 1 EL Meerrettich frisch gerieben
- 1 EL Gewürzgurken fein gehackt
- 1 EL Möhrensalat

So bereiten Sie das Gericht zu:

Die Käsekrainer für 5 Minuten bei 180° Celsius grillen. Das Hot Dog Brötchen mit Senf, Meerrettich, Gewürzgurken und Möhrensalat füllen. Die Käsekrainer einlegen und das Brötchen für eine weiter Minute am Kontaktgrill knusprig braten.

Sauerkraut- Sandwich

Nährwerte:

- Kalorien: 489,1 kcal
- Eiweiß: 13,8 Gramm
- Fett: 25,5 Gramm
- Kohlenhydrate: 47,6 Gramm

Für eine Portion benötigst Sie:

- 2 Scheiben Roggenbrot
- 40 Gramm Corned Beef
- 20 Gramm Sauerkraut
- 2 Scheiben Käse
- 1 große Senfgurke in Scheiben geschnitten
- etwas Öl zum Braten

So bereiten Sie das Gericht zu:

Das Roggenbrot mit dem Corned Beef, dem Sauerkraut, Käse und der Senfgurke belegen und zusammenklappen. Den Kontaktgrill dünn mit Öl bestreichen und das Sandwich für 5 Minuten bei 170° Celsius braten.

Pulled Pork Sandwich

Nährwerte:

- Kalorien: 259,6 kcal
- Eiweiß: 18,2 Gramm
- Fett: 15,2 Gramm
- Kohlenhydrate: 10,7 Gramm

Für eine Portion benötigst Sie:

- 1 Burger- Brötchen
- 50 Gramm Pulled Pork
- 1 EL rote Zwiebel fein gewürfelt
- 1 EL Mais
- 1 Spritzer Tabascosauce
- 2 Scheiben Käse

So bereiten Sie das Gericht zu:

Das Burger- Brötchen in zwei Hälften schneiden und mit dem Käse belegen. Das Pulled Pork mit dem Zwiebel, Mais und der Tabascosauce vermengen und das Brötchen damit belegen und zusammenklappen. Am Kontaktgrill für 5 Minuten bei 170° Celsius braten.

Sandwich mit Räucherlachs und Maracuja

Nährwerte:

- Kalorien: 437,3 kcal
- Eiweiß: 13,3 Gramm
- Fett: 13,2 Gramm
- Kohlenhydrate: 63,5 Gramm

Für eine Portion benötigst Sie:

- 1 Sesam- Bagel
- 20 Gramm Räucherlachs
- 1 EL Frischkäse
- 1 EL Mozzarella gerieben
- Fruchtfleisch einer Maracuja
- 1 Spritzer Limettensaft
- 1 Prise Chilipulver
- 1 TL Petersilie gehackt

So bereiten Sie das Gericht zu:

Den Bagel in zwei Hälften schneiden. Den Frischkäse mit der Mozzarella, der Maracuja, dem Limettensaft, dem Chilipulver und der Petersilie verrühren. Den Bagel damit bestreichen, mit dem Lachs belegen und zusammenklappen. Am Kontaktgrill für 5 Minuten bei 170° Celsius grillen.

Sandwich mit Speck, Blaubeeren und Blauschimmelkäse

Nährwerte:

- Kalorien: 475,1 kcal
- Eiweiß: 14,9 Gramm
- Fett: 23 Gramm
- Kohlenhydrate: 48,7 Gramm

Für eine Portion benötigst Sie:

- 2 Scheiben Graubrot
- 2 EL Speck gewürfelt
- 1 EL Blauschimmelkäse
- 1 EL Frischkäse
- 10 Gramm Avocado
- 1 EL Petersilie gehackt
- 1 EL Blaubeeren
- 1 Messerspitze Ingwer gerieben

So bereiten Sie das Gericht zu:

Den Speck mit dem Blauschimmelkäse, dem Frischkäse, der Avocado, Petersilie und Ingwer gut verrühren. Die Blaubeeren vorsichtig unterheben und das Brot damit befüllen. Am Kontaktgrill für 5 Minuten bei 180° Celsius grillen.

Süßes aus dem Kontaktgrill

Auch süße Verführungen lassen sich im Kontaktgrill im Handumdrehen zaubern. Sie müssen nicht immer den Backofen anwerfen, wenn Sie Lust auf leckere Desserts haben.

Powidl- Pofesen

Nährwerte:

- Kalorien: 259,7 kcal
- Eiweiß: 10,6 Gramm
- Fett: 6,8 Gramm
- Kohlenhydrate: 37,4 Gramm

Für eine Portion benötigst Sie:

- 2 Scheiben Toast
- 1 EL Powidl
- 1 Ei
- 2 EL Milch
- etwas Öl zum Braten
- 1 EL Zucker
- 1 Messerspitze Zimt

So bereiten Sie das Gericht zu:

Den Toast mit Powidl füllen und das Ei mit der Milch verquirlen. Den Toast durchziehen und den Kontaktgrill mit Öl bepinseln. Für etwa 4 Minuten bei 170° Celsius braten, anrichten und mit Zimt und Zucker bestreuen.

Schoko- Croissant

Nährwerte:

- Kalorien: 338,2 kcal
- Eiweiß: 6,7 Gramm
- Fett: 19,8 Gramm
- Kohlenhydrate: 30,4 Gramm

Für eine Portion benötigst Sie:

- 1 Croissant
- 1 EL Frischkäse
- 1 EL Schokolade gerieben
- 1 Messerspitze Vanillezucker
- 2 Tropfen Rum Aroma

So bereiten Sie das Gericht zu:

Den Frischkäse mit der Schokolade, dem Vanillezucker und dem Rum- Aroma vermengen und das Croissant damit befüllen. Im Kontaktgrill für 3 Minuten bei 170° Celsius backen. Am besten legen Sie das Croissant auf ein Stück Backpapier, da etwas Schokolade auslaufen kann.

Bananen- Pancakes

Nährwerte:

- Kalorien: 188 kcal
- Eiweiß: 13,7 Gramm
- Fett: 6,3 Gramm
- Kohlenhydrate: 17,9 Gramm

Für eine Portion benötigst Sie:

- 1/2 reife Banane
- 1 EL Quark
- 1 Ei
- 1 EL Mandelmehl
- 1 Prise Vanillezucker
- 1 Prise Salz
- etwas Öl zum Braten
- 1 EL Joghurt
- 1 TL Ahornsirup

So bereiten Sie das Gericht zu:

Die Banane mit dem Quark, dem Ei, dem Mandelmehl, dem Vanillezucker und dem Salz zu einem dickflüssigen Teig pürieren. Den Kontaktgrill mit etwas Öl bepinseln und den Teig einfüllen. Für 3 Minuten bei 170° Celsius zu einem goldgelben Pancake backen. Joghurt mit Ahornsirup oder alternativ Honig verrühren und als Topping anrichten.

Zimt- Pancakes

Nährwerte:

- Kalorien: 240,2 kcal
- Eiweiß: 11,5 Gramm
- Fett: 5,2 Gramm
- Kohlenhydrate: 35,1 Gramm

Für eine Portion benötigst Sie:

- 50 ml Buttermilch
- 1 Ei
- 1 EL Mehl
- 1 Messerspitze Backpulver
- 1 EL Zucker
- 1 Messerspitze Zimt
- 1 Prise Salz
- etwas Öl zum Backen
- 1 EL Quark
- Zimt
- Honig
- 1 EL Nüsse gehackt
- etwas Abrieb einer Bio Zitrone

So bereiten Sie das Gericht zu:

Die Buttermilch mit dem Ei gut verquirlen und zusammen mit dem Mehl, dem Backpulver, Zucker, Zimt und Salz zu einem dickflüssigen und glatten Teig verrühren. Den Kontaktgrill dünn mit Öl bepinseln und den Teig für 3 Minuten bei 170° Celsius zu einem goldgelben Pancake backen. Den Quark mit Zimt, Honig, Nüssen und Zitronenabrieb vermengen und als Dip zum Pancake servieren.

Ananas mit Honig und Thymian

Nährwerte:

- Kalorien: 113,5 kcal
- Eiweiß: 0,5 Gramm
- Fett: 0,1 Gramm
- Kohlenhydrate: 26,9 Gramm

Für eine Portion benötigst Sie:

- 80 Gramm Ananas frisch oder aus der Dose
- 1 EL Honig
- 1/2 TL Thymian frisch
- 1 Prise Salz
- etwas Abrieb einer Bio Limette

So bereiten Sie das Gericht zu:

Die Ananas auf den Kontaktgrill legen und für 3 Minuten bei 180° Celsius grillen. Den Deckel öffnen und die Ananas mit Honig, Thymian, Salz und Abrieb verfeinern. Bei nicht ganz geschlossenem Deckel für weitere 2 Minuten braten lassen. Am besten verwenden Sie ein kleines Stück Backpapier als Unterlage.

Gegrillte Bananen

Nährwerte:

- Kalorien: 202,5 kcal
- Eiweiß: 3,2 Gramm
- Fett: 0,4 Gramm
- Kohlenhydrate: 41,3 Gramm

Für eine Portion benötigst Sie:

- 1 Banane
- 2 EL Kokosmilch
- 1 TL Frischkäse
- 1 TL Honig
- 1 EL Rum

So bereiten Sie das Gericht zu:

Die Banane für 5 Minuten bei 200° Celsius im Kontaktgrill grillen. Die Kokosmilch mit dem Frischkäse, dem Honig und dem Rum glatt rühren. Die Banane auf einer Seite aufschneiden und mit dem Topping garnieren.

Obst-Spieß

Nährwerte:

- Kalorien: 191 kcal
- Eiweiß: 2,8 Gramm
- Fett: 8,7 Gramm
- Kohlenhydrate: 24 Gramm

Für eine Portion benötigst Sie:

- 30 Gramm Honigmelone
- 2 Erdbeeren
- 30 Gramm Ananas
- 30 Gramm Papaya
- 1 TL Puderzucker
- etwas Butter zum Braten
- 20 Gramm Schokolade
- 1 EL Sahne
- 2 Tropfen Minz- Aroma

So bereiten Sie das Gericht zu:

Das Obst in etwas gleichgroße Stücke schneiden und abwechselnd auf einen Spieß fädeln. Den Kontaktgrill mit Butter einfetten und den Obstspieß für 5 Minuten bei 200° Celsius grillen. In der Zwischenzeit die Schokolade über einem heißen Wasserbad, am Herd oder in der Mikrowelle schmelzen lassen, mit der Sahne und dem Minz- Aroma verrühren und über den gegrillten Spieß gießen.

Fruchtiger Toast mit Mango-Frischkäse

Nährwerte:

- Kalorien: 231,7 kcal
- Eiweiß: 6,5 Gramm
- Fett: 10,1 Gramm
- Kohlenhydrate: 27,1 Gramm

Für eine Portion benötigst Sie:

- 2 Scheiben Toastbrot
- 1 TL weiche Butter
- 1 EL Frischkäse
- 20 Gramm Mango
- 1 TL Zucker
- 1 Prise Nelkenpulver
- etwas Abrieb einer Bio Limette
- 1 Prise Cayennepfeffer

So bereiten Sie das Gericht zu:

Das Toastbrot außen mit Butter und innen mit Frischkäse bestreichen. Die Mango mit Zucker, Nelkenpulver, Abrieb und Cayennepfeffer pürieren und die Fruchtsauce auf dem Frischkäse verteilen. Den Toast zusammenklappen und im Kontaktgrill für 4 Minuten bei 170° Celsius backen.

Marmeladen-Toast mit Salbei

Nährwerte:

- Kalorien: 191,2 kcal
- Eiweiß: 4 Gramm
- Fett: 10,1 Gramm
- Kohlenhydrate: 19,9 Gramm

Für eine Portion benötigst Sie:

- 2 Scheiben Toastbrot
- 1 TL weiche Butter
- 1 EL Zucker
- 1 EL Aprikosenmarmelade
- 1 Blatt Salbei fein gehackt
- 1 TL Orangenlikör
- 1 Prise Ingwerpulver

So bereiten Sie das Gericht zu:

Den Toast auf der Außenseite mit Butter bestreichen und im Zucker wälzen. Die Marmelade mit Salbei, Likör und Ingwer verrühren und den Toast damit füllen. Im Kontaktgrill für 4 Minuten bei 170° Celsius grillen.

Kokos- Pancakes

Nährwerte:

- Kalorien: 357,1 kcal
- Eiweiß: 14,8 Gramm
- Fett: 23,6 Gramm
- Kohlenhydrate: 14,9 Gramm

Für eine Portion benötigst Sie:

- 60 ml Kokosmilch
- 1 Ei
- 1 EL Kokosraspeln
- 1 EL Mehl
- etwas Abrieb einer Bio Limette
- 1 Prise Salz
- Öl zum Backen
- 1 EL Quark
- 1 EL Kokosraspeln geröstet
- 1 Prise Vanillezucker

So bereiten Sie das Gericht zu:

Die Kokosmilch mit den Kokosraspeln, dem Mehl, dem Abrieb und dem Salz zu einem dicken und glatten Teig verrühren. Den Kontaktgrill dünn mit Öl bepinseln und den Teig darauf verteilen. Für 3 Minuten bei 180° Celsius zu einem goldgelben Pancake backen. Mit einem Dip aus Quark, gerösteten Kokosflocken und Vanillezucker anrichten.

Snacks aus dem Kontaktgrill

Zum Schluss haben wir hier noch einige kleine Snacks vorbereitet, die sich im Nu für den kleinen Hunger zwischendurch im Kontaktgrill zubereiten lassen.

Kardamom und Parmesan- Chips

Nährwerte:

- Kalorien: 92,3 kcal
- Eiweiß: 7,7 Gramm
- Fett: 5,9 Gramm
- Kohlenhydrate: 1,5 Gramm

Für eine Portion benötigst Sie:

- 2 EL Parmesan fein gerieben
- 1 Prise Kardamom gemahlen
- etwas Pfeffer

So bereiten Sie das Gericht zu:

Alle Zutaten vermengen und den Kontaktgrill auf 200° Celsius aufheizen. Aus der Masse kleine Häufchen setzen und diese schmelzen lassen. Den Deckel nicht ganz schließen und den Parmesan für 3 Minuten zu knusprigen Chips backen lassen.

Avocado, Rosmarin und Speck

Nährwerte:

- Kalorien: 216,9 kcal
- Eiweiß: 8,4 Gramm
- Fett: 17 Gramm
- Kohlenhydrate: 5,9 Gramm

Für eine Portion benötigst Sie:

- 1/2 Avocado
- 1 TL Rosmarin fein gehackt
- 1 TL Zitronensaft
- 4 Scheiben Speck

So bereiten Sie das Gericht zu:

Die Avocado in Spalten schneiden und mit dem Zitronensaft gut beträufeln. Mit dem Rosmarin würzen und mit dem Speck umwickeln. Im Kontaktgrill für 5 Minuten bei 170° Celsius knusprig backen.

Pitabrot mit Dip

Nährwerte:

- Kalorien: 274,1 kcal
- Eiweiß: 9,3 Gramm
- Fett: 9,5 Gramm
- Kohlenhydrate: 35,9 Gramm

Für eine Portion benötigst Sie:

- 2 kleine Pita- Fladen
- 1 EL Olivenöl
- 1 TL Thymian getrocknet
- 20 Gramm Kichererbsen aus der Dose
- 1 EL Frischkäse
- 1 Messerspitze Currypulver
- 1 EL Petersilie gehackt
- Salz und Pfeffer

So bereiten Sie das Gericht zu:

Die Pita- Fladen mit Olivenöl bestreichen und mit Thymian bestreuen. Im Kontaktgrill für 2 Minuten bei 200° Celsius backen. In der Zwischenzeit die restlichen Zutaten mit dem Pürierstab zu einem Dip verarbeiten und zu den Pita- Fladen anrichten.

Chips

Nährwerte:

- Kalorien: 159,1 kcal
- Eiweiß: 2,1 Gramm
- Fett: 8,2 Gramm
- Kohlenhydrate: 18 Gramm

Für eine Portion benötigst Sie:

- 1 Kartoffel
- 1 TL rote Currypaste
- 1 TL Olivenöl
- 1 Prise Salz

So bereiten Sie das Gericht zu:

Die Currypaste mit dem Olivenöl und dem Salz vermengen. Die Kartoffel zu dünnen Chips schneiden und für 10 Minuten in der Paste marinieren lassen. Bei 170° Celsius für 12 Minuten zu knusprigen Chips backen.

Impressum:

© LEU MEDIA GMBH
Sterngasse 3
1010 Wien

Auflage 2020(Erstauflage 2018)

Taschenbuch KDN-ISBN: 9798602499278

Risiko-Hinweis und Haftung

Empfehlungen, Charts und Tabellen für verlässlich, jedoch können wir keine Garantie für Richtigkeit und Aktualität übernehmen. Die Inhalte in diesem Werk sind nach bestem Gewissen verfasst, wir halten unsere Quellen für verlässlich, aber auch hier können wir keine Garantie auf Richtigkeit und Aktualität geben. Die Informationen geben lediglich einen Einblick in die Meinung der Verfasser.

Haftungsausschluss

Die Inhalte wurden mit größtmöglicher Sorgfalt erstellt. Der Autor übernimmt jedoch keine Gewähr für die Richtigkeit und Vollständigkeit der hier befindlichen Informationen sowie bereitgestellten Inhalte.

Urheber- und Kennzeichenrecht

Bei den Inhalten die erstellt wurden, werden die Urheberrechte Dritter beachtet. Insbesondere werden Inhalte und Rechte Dritter als solche gekennzeichnet.

Sollte der Nutzer trotzdem auf eine Urheberrechtsverletzung aufmerksam werden, bitten wir um einen entsprechenden Hinweis. Bei Bekanntwerden von Rechtsverletzungen werden wir derartige Inhalte umgehend entfernen.

Etwaige Bilder und Grafiken: Privatarchiv, Pixabay.com, shutterstock, iconfinder.com

Printed in Poland
by Amazon Fulfillment
Poland Sp. z o.o., Wrocław

69480838R00076

Die Wikinger

Einfach gut erklärt!

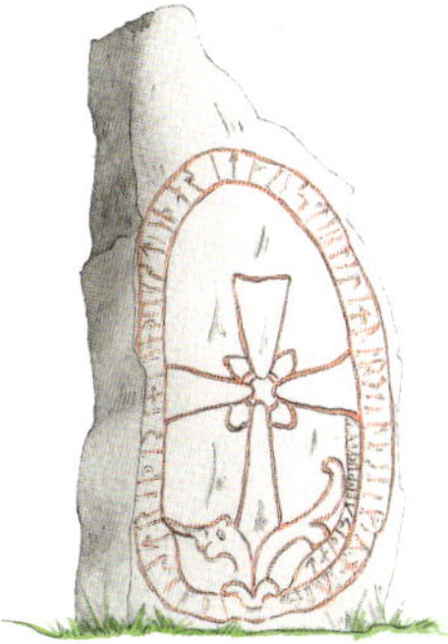

Geschrieben von Monika Wittmann,
mit Bildern von Sigrid Leberer

CARLSEN

Wer waren die Wikinger?

Die Menschen, die zwischen Ende des 8. und Anfang des 11. Jahrhunderts im Norden Europas lebten und häufig als Seeleute auf Meeren und Flüssen segelten, nennen wir **Wikinger**. Manche schafften es sogar bis zum heutigen Russland, nach Arabien oder Nordamerika. Viele Wikinger suchten auf ihren Fahrten neue Gebiete, in denen sie leben konnten. Andere waren Händler und segelten über das Meer, um Waren zu kaufen. Manche überfielen und plünderten aber auch die Küstenstädte.

Jasmin, 10, fragt:

Was bedeutet „Wikinger"?
Das nordische Wort „vikingr" heißt übersetzt „Seeräuber" oder „Pirat". So wurden die Männer aus Nordeuropa genannt, die mit ihren Schiffen zu Überfällen aufbrachen. Wenn wir heute von „Wikingern" sprechen, meinen wir aber meist alle Menschen, die damals im Norden Europas zu Hause waren.

Seeräuber oder Bauern?

Oft werden die Wikinger als grausame Krieger mit gehörnten Helmen dargestellt. Doch nicht immer waren die Seefahrer auf blutige Raubzüge aus. Viele brachten als friedliche Kaufleute Waren von einem Hafen zum anderen. Auf dem Lande lebten die Menschen in Nordeuropa von Viehzucht, Ackerbau und Fischfang.

Benni, 7, fragt:

Trugen die Wikinger wirklich Hörner auf dem Kopf?
Helme mit Hörnern kennen wir aus vielen Geschichten und Comics – aber es hat sie nie gegeben. In der Schlacht hätten die Hörner vermutlich auch gestört. Stattdessen schützten Lederkappen oder Metallhelme mit Nasenschutz die Wikinger im Kampf. Manche wohlhabenden Anführer trugen außerdem ein Kettenhemd aus Eisen.

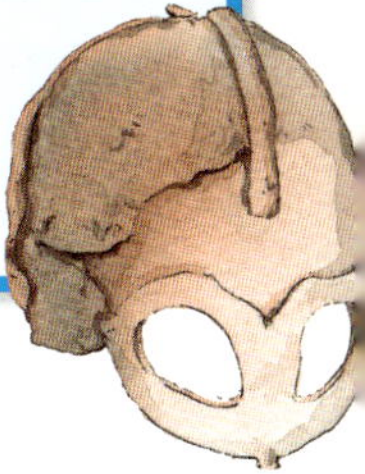

Im hohen Norden

Die skandinavischen Länder

Da die Wikinger ursprünglich im Norden Europas lebten, wurden sie auch **Nordmänner** genannt. Die Halbinsel, auf der sie zu Hause waren, heißt **Skandinavien**. Heute liegen dort die Länder Dänemark, Schweden, Norwegen und Finnland.

Schon gewusst?

Vor allem in Norwegen und Schweden gibt es viele Berge. Um von einem Küstenort zum nächsten zu gelangen, war es zur Zeit der Wikinger oft am einfachsten, mit dem Schiff zu reisen – denn gute Wege an Land gab es kaum.

Das Leben in Nordeuropa war hart. Die Winter dort sind lang, kalt und dunkel. Hungersnöte drohten. Zu Beginn der Wikingerzeit litten die Menschen in Skandinavien häufig Hunger. Deshalb verließen viele ihre Heimat. Sie brachen mit ihren Booten auf, um neue Lebensräume zu finden.

Im Winter waren die Häuser der Wikinger monatelang eingeschneit.

Um auch im Winter warmes Essen zubereiten zu können, war ein großer Feuerholz-Vorrat notwendig. Dieser musste über viele Monate reichen.

Wie wohnten die Wikinger?

Die Wikinger bauten ihre Häuser meist aus Holz, Zweigen oder Torf. Die Dächer deckten sie mit Schilf, Grasstücken oder Stroh. Der Fußboden bestand aus gestampftem Lehm. Oft gab es nur einen Raum. In der Mitte brannte ein Feuer. Der Rauch zog durch ein Loch im Dach ab. An den Wänden standen mit Fellen oder Decken bedeckte Podeste, auf denen die Menschen schliefen. Nur sehr reiche Hausherren besaßen ein Bett mit geschnitzten Tierköpfen.

Die Hafenstadt Haithabu

Die größte bekannte Wikingerstadt heißt Haithabu. Sie lag im heutigen Schleswig-Holstein nahe der dänischen Grenze. Im 10. Jahrhundert wohnten dort etwa 1000 Menschen. Viele waren Kaufleute oder Handwerker. Sie bauten Schiffe, töpferten Gefäße oder schmiedeten Waffen. Händler kamen mit großen Schiffen nach Haithabu und suchten dort Käufer für ihre Waren.

In der Wikingerzeit zählte **Haithabu** zu den wichtigsten Handelsplätzen in Nordeuropa. Heute kannst du dort die nachgebauten Häuser und den Hafen der Wikinger besichtigen.

Alltag bei den Wikingern

Eine Frau arbeitet am Webstuhl.

Die Wikinger mussten hart arbeiten, um ihr Überleben zu sichern. Die Männer bauten Getreide, Kohl oder Bohnen an, jagten und angelten. Die Frauen spannen Schafwolle zu Garn und webten daraus Stoffe. Im Sommer sorgten sie für die Winter-Vorräte: Fleisch und Fisch wurden in Salz oder Molke (Flüssigkeit, die bei der Herstellung von Käse entsteht) eingelegt, getrocknet oder geräuchert, um sie haltbar zu machen.

Laurin, 8, fragt: ?

Was spielten die Kinder im Winter?

Im Winter fuhren die Kinder gern Schlittschuh auf den zugefrorenen Seen und Flüssen. Als Kufen banden sie sich Tierknochen an die Schuhe und stießen sich mit einem spitzen Stock ab. Auch Schlitten gab es schon.

Die Kinder halfen bei der Arbeit oder sammelten Beeren. Trotz der vielen Arbeit fanden die Wikinger Zeit zum Spielen. Besonders gern mochten sie Brettspiele. Vermutlich schnitzten sie die Spielfiguren, während sie an dunklen Winterabenden am Herdfeuer saßen. Sie fertigten auch Löffel, Schalen und andere Gebrauchsgegenstände.

Geschnitzte Schachfigur

Wer hatte das Sagen?

Die Wikinger lebten in größeren Gruppen – **Klans** oder **Sippen** genannt. An ihrer Spitze stand ein **Häuptling** oder ein **Jarl** – ein nordischer Fürst. Die Männer versammelten sich regelmäßig, beschlossen Gesetze oder schlichteten Streit. Diese Treffen nannte man **Thing.** Ein Thing konnte mehrere Tage dauern. Später gab es auch Könige, die über größere Gebiete herrschten. Gefangene, die den Wikingern bei ihren Raubzügen in die Hände fielen, hatten keine Rechte. Sie wurden als Sklaven verkauft und mussten hart arbeiten.

Schon gewusst?

Einen Rachekrieg zwischen zwei Personen oder Familien nennt man **Fehde**. Wurde bei den Wikingern jemand getötet, verlangte seine Familie eine Entschädigung. Manchmal wollte sie den Täter auch umbringen. Dann konnte auf dem jährlichen Thing (Versammlung) entschieden werden, dass der Täter die Heimat verlassen musste. So wurde ein blutiger Streit vermieden.

Viele Götter

Die Wikinger glaubten an viele **verschiedene Götter**. Der Götteroberste **Odin** war zum Beispiel für den Krieg und die Weisheit zuständig. Odins Sohn **Thor** wurde als Beschützer der Menschen besonders verehrt. Der Hammer, mit dem Thor oft dargestellt wurde, war seine Waffe im Kampf gegen böse Riesen und Trolle.

Tieneke, 10, fragt:

Glaubten die Wikinger auch an Göttinnen?
Sehr verehrt wurde **Freya**, die Göttin der Liebe und des Glücks. Keine Göttinnen, aber sehr mächtige Frauen waren die **Nornen**. Dem Glauben der Wikinger zufolge bestimmten diese „Schicksalsfrauen" das Leben der Menschen vorher und legten fest, wie lange jemand leben durfte.

Solche Anhänger in Form eines Thorhammers waren bei den Wikingern als Glücksbringer beliebt.

Der Weltenbaum

Die Wikinger stellten sich die Welt als einen riesigen Baum vor. In der Krone von **Yggdrasil** war das Reich der Götter, **Asgard**. In der Mitte befanden sich die Welt der Menschen, **Midgard**, und das Reich der Riesen, **Utgard**.

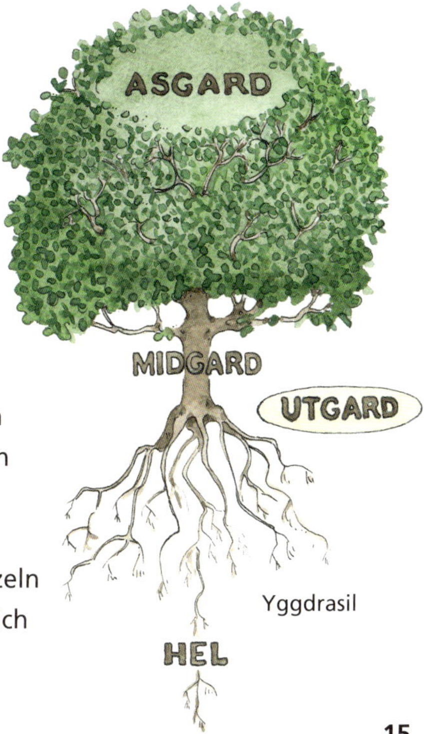

Yggdrasil

Die drei Nornen wohnten an den Wurzeln des Weltenbaumes. Unter den Wurzeln lag das Totenreich **Hel**.

Der Schiffbau der Wikinger

Um die weiten Seereisen zu überstehen, mussten die Wikingerschiffe stabil und wendig sein. Der Rumpf wurde aus Holz gebaut und mit Teer und Schafwolle abgedichtet.

Es gab verschiedene Schiffstypen: Fischer hatten kleine **Ruderboote**. Kaufleute segelten mit einer **Knörr**.

Knörr

Bau eines Langschiffs

Für die Überfälle wurden die schnellen **Langschiffe** benutzt. Mit ihnen konnten die Wikinger segeln oder rudern. Am Bug hatten die Schiffe einen geschnitzten Drachenkopf. Das Auftauchen eines Wikingerschiffs am Horizont versetzte viele Menschen in Angst und Schrecken.

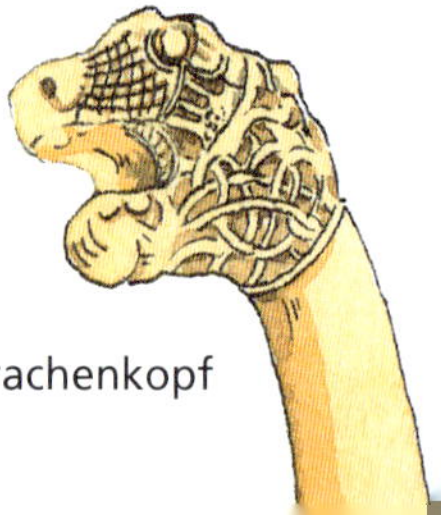

Drachenkopf

Yaël, 10, fragt:

Was war der schlimmste Überfall der Wikinger?
Am 8. Juni 793 wurde eine kleine englische Insel namens **Lindisfarne** Ziel eines schlimmen Angriffs: Seeleute stürmten an Land, plünderten das Kloster und die Kirche und legten Feuer. Die Wikinger raubten dort nicht nur rücksichtslos, sie töteten auch Bewohnerinnen und Bewohner. Dieser erste bekannte und besonders grausame Wikingerüberfall in der Geschichte gilt als Beginn der Wikingerzeit.

Schiff voraus!

Die Wikinger waren Meister der **Navigation**, also der Kunst, sich auf hoher See zurechtzufinden. Zum Beispiel erkannten sie an vorbeitreibenden Pflanzenteilen oder Holzstücken, ob sich in der Nähe Land befand. Auch die Strömung, die Farbe des Wassers oder die Sterne wiesen ihnen den Weg. Für viel befahrene Strecken gab es genaue Segelanweisungen.

Schon gewusst?

Der Entdecker Islands, **Flóki Vilgerdarson**, bekam den Spitznamen Rabenflóki, weil er mehrere Raben an Bord hatte. Wenn einer der Vögel aus der Luft Land sichtete, flog er davon – und das Schiff folgte ihm.

Malina, 9, fragt:

Was aßen die Wikinger an Bord?
Auf See ernährten sich die Männer von Dörrfleisch und Trockenfisch. Hühner gaben Eier und eine Ziege frische Milch. Die Wasserfässer mussten regelmäßig an Land aufgefüllt werden.

Die Ladung der Wikingerschiffe

Die Wikinger handelten mit Waren aus ihrer Heimat. Einen guten Preis zahlten die Menschen in Südeuropa und Asien zum Beispiel für Walrosszähne, Bernstein, Bärenpelz, Fischöl, Seehundfell oder Walknochen.

Kamm aus Walrosselfenbein

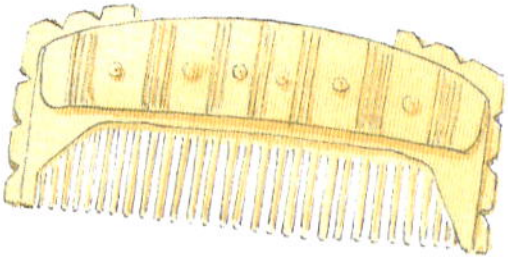

Außerdem verkauften die Wikinger von Handwerkerinnen und Handwerkern gefertigte Gegenstände, zum Beispiel verzierte Kämme, Trinkgefäße aus Kuhhörnern und Gürtelspangen aus Silber oder Bronze. Auch Streitäxte, Doppelschwerter und andere **Waffen** waren gefragt. Oft tauschten die Händler ihre Fracht gegen Seidenstoffe, Schmuck oder Edelsteine. Oder sie bezahlten dafür mit **Gold- und Silbermünzen**.

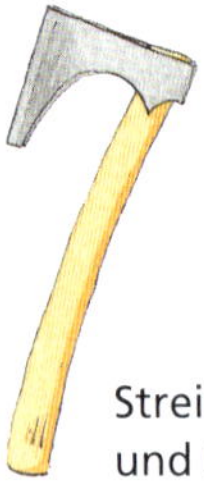

Streitaxt aus Eisen und Holz

Grabfunde

Die Wikinger glaubten, dass sie nach ihrem Tod mit einem Schiff in **Odins Götterreich** fahren würden. Reiche Könige ließen sich sogar in einem Schiff beerdigen. In ihren Grabstätten wurden Waffen, Schmuck, Lebensmittel und auch Pferde gefunden. Nach dem Glauben der Wikinger konnten die Toten all dies im Jenseits gut gebrauchen.

Berühmte Wikinger

Im Jahr 1492 erreichte Kolumbus Amerika. Doch schon 500 Jahre zuvor hatten Seefahrer den Atlantik überquert: Um das Jahr 1000 legte der Wikinger **Leif Eriksson** an einer Insel vor der Küste von Neufundland an. Er nannte sie Vinland. Schon Leifs Vater **Erik der Rote** war ein Entdecker gewesen: Nach einem blutigen Streit wurde er aus seiner Heimat verbannt und erkundete dann die Insel Grönland.

Spuren der Wikinger

Bei **Ausgrabungen** auf Neufundland fanden **Archäologinnen und Archäologen** eine rund 1000 Jahre alte Wikingersiedlung. Allerdings hatten die Nordmänner dort nicht lange gelebt. Das erkannten die Forschenden zum Beispiel daran, dass in der Schmiede höchstens ein paar Kilogramm Eisen bearbeitet worden waren.

Schon gewusst?

Die Wikinger verspotteten die Einwohner von Neufundland als „**Skraelinger**", Schwächlinge. Doch offenbar vertrieben diese „Schwächlinge" die unerwünschten Besucher bald wieder.

Wohin fuhren die Wikinger?

Die Seewege der Wikinger

Rund 300 Jahre lang durchstreiften die Wikinger die halbe Welt – von **Arabien** bis **Nordamerika**. Ihre flachen Langboote konnten auch auf Flüssen fahren. Noch heute erinnert manches an die Wikingerzeit. So heißt ein Teil Frankreichs **Normandie**, Land der Nordmänner. Im Jahr 911 überließ der westfränkische König Karl III. von Westfranken dem Wikingerhäuptling Rollo dieses Gebiet an der Atlantikküste.

Die Wikinger kamen bis ins heutige **Russland**. Die Menschen dort gaben ihnen den Namen „Rus“, Ruderer. Über Flüsse gelangten die Nordmänner ans **Schwarze Meer** und bis in die heutige **Türkei**. Andere Wikinger umschifften **Spanien** und erreichten so das Mittelmeer und **Italien**.

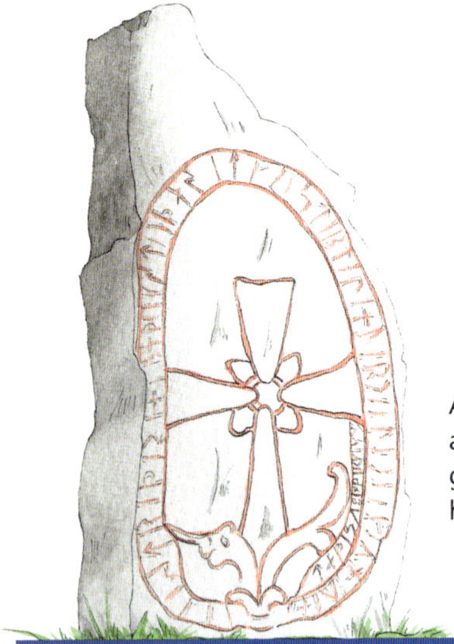

Alte Runensteine erinnern an Verstorbene oder an gute Taten und wurden häufig mit Bildern verziert.

Die Schrift der Wikinger

Die Wikinger schrieben nur selten etwas auf. Da sie keine eigene Schrift hatten, verwendeten sie dann Zeichen, die sich die Germanen bereits viele Jahrhunderte zuvor ausgedacht hatten: die **Runen**. Der längste Text aus der Wikingerzeit steht auf einem Runenstein und umfasst etwa 750 Schriftzeichen. Die Runenschrift bestand aus 16 Zeichen. Jeder Buchstabe konnte für einen **Laut**, aber auch für ein ganzes **Wort** stehen.

So bedeutete zum Beispiel das „f"-Zeichen „Wohlstand" und „Glück". Die Runenschrift ist heute selbst für Fachleute **nicht einfach zu entziffern**: Denn je nachdem, wo die Menschen wohnten, unterschied sich die Form der Runen ein wenig. Außerdem schrieben die Wikinger mal von links nach rechts, mal andersherum – oder sogar auf dem Kopf!

Paolo, 8, fragt: ?

Was heißt „Rune"?
Das germanische Wort „Runo" bedeutet „Geheimnis". Die Wikinger waren überzeugt, dass die Schrift magische Kräfte besaß. Darum ritzte man Zeichen auf kleine Anhänger, die den Trägern Glück bringen sollten. Auch Schwerter wurden mit Runen verziert – das sollte ihnen Zauberkraft verleihen.

Das Ende der Wikingerzeit

Das **Reisen** veränderte das Leben der Wikinger: Sie ließen sich an anderen Orten nieder, heirateten und bekamen Kinder. Im 9. Jahrhundert begannen sie allmählich, den **christlichen Glauben** der Menschen anzunehmen, denen sie unterwegs begegneten. Außerdem kamen Missionare nach Skandinavien, um die Wikinger zum Christentum zu bekehren.

Die Missionare verurteilten Raubzüge und Plündereien. Mit dem Einzug des christlichen Glaubens im Norden und der **Sesshaftigkeit der Menschen** ging die Zeit der Wikinger zu Ende.

Schon gewusst?

Auch als Christen beteten die meisten Wikinger noch zu ihren alten Göttern und trugen neben dem christlichen Kreuz auch den Hammer des Thor als Amulett an einer Halskette.

Heute gibt es keine Wikinger mehr – aber viele Menschen in Dänemark, Schweden, Norwegen ebenso wie in Russland, Frankreich oder Deutschland haben Vorfahren, die Wikinger waren.

Im 9. Jahrhundert bauten Wikinger die ersten Kirchen aus Holz, die **Stabkirchen.**

Wikinger-Lexikon

Archäologin / Archäologe

Forschende, die durch Ausgrabungen das Leben der Menschen in der Vergangenheit erforschen

Freya

Göttin der Liebe, der Schönheit und der Fruchtbarkeit. Nach ihr ist unser Wochentag „Freitag", „Freyas Tag", benannt.

Haithabu

Bedeutende Handelsstadt der Wikinger, liegt im heutigen Bundesland Schleswig-Holstein

Kloster

Im Kloster kommen Anhängerinnen oder Anhänger eines bestimmten Glaubens zusammen, um gemeinsam zu leben, zu beten und zu arbeiten.

Nornen

Im Glauben der Wikinger waren die Nornen drei Schicksalsfrauen, die am Fuße des Weltenbaums wohnten und über den Lebenslauf von Menschen und Göttern bestimmten.

Odin

Oberster Gott der Wikinger. Gott des Krieges, der Zauberei und der Runenschrift.

Runen

Schriftzeichen der Wikinger, aber auch weiterer Gruppen, etwa der Germanen

Thing

Versammlung aller freien Wikinger, die Waffen trugen. Hier wurde über Recht und Unrecht beraten und Könige gewählt.

Thor

Sohn von Odin. Thor wurde als Beschützer der Menschen angesehen. Als „Donnergott“ herrschte er auch über das Wetter. Nach ihm ist der Wochentag „Donnerstag“ benannt.

Weltenbaum

Die Wikinger stellten sich die Welt als einen riesigen Baum vor, den sie Yggdrasil nannten und in mehrere Reiche einteilten: das Reich der Götter, das Reich der Menschen, das Reich der Riesen und Trolle sowie das Reich der Toten.

Einfach gut erklärt!

Band 8
ISBN 978-3-551-24210-5

Band 110
ISBN 978-3-551-24211-2

Band 17
ISBN 978-3-551-24212-9

Band 91
ISBN 978-3-551-24204-4

Band 75
ISBN 978-3-551-24208-2

Band 52
ISBN 978-3-551-24209-9